お遍路と御霊返し

煮売屋なびきの謎解き仕度

汀こるもの

角川春樹事務所

目次

一話　すれ違う鴨肉

1

公方さまがおわす江戸城と大大名の武家屋敷、鬼門を守る寺々が集う上野、商家の大店が軒を連ねる日本橋。

その間の何でもない狭間の地、神田は藍染川のほとりの紺屋町。紺屋町と言うからには染物屋もあるが、金釘、指物の問屋があり、それらに品を納める職人の住まう長屋があり、その長屋に駕籠舁きや雑多な物売りが住んでいる。武家でも僧でも商人でもないが、彼らの暮らしを支える人々がいる。

煮売り屋〝なびき〟はそんなところにある。

間口二間に床几と小上がりの座敷がいくらかある小さな店で、通りかかった人に飯を炊いて日替わりのおかずを添えて出す、一膳飯屋兼居酒屋。

ここでしか食べられない大層な料理があるわけではないが、食事には〝ご飯の神さまのご利益〟が籠もっている——

師走の風が冷たい頃だった。雪も降ったりやんだり。裏長屋の瓦職人のおかみさんが半月ほど前に玉のような男の子を産んで、茅場町薬師にお礼参りに行って赤い実のついた南天の枝を買ってきた。

それを長屋の天水桶に活けたのが今朝から水ごと凍っている。澄んだ氷と白い雪に緑の葉と赤い実の鮮やかな色を見ると、冬も悪くない。

それがすっかり溶けてしまう昼頃。いつも通り焼き魚と味噌汁を売っていたが、そろそろ品切れという頃に錫杖を鳴らして托鉢僧がやって来た。

「南無大師遍昭金剛――」

「はいはい、少し待ってください」

僧を小上がりの座敷に座らせ、十四歳のなびきは小鍋で味噌汁の仕度をすることになった。

煮売り屋〝なびき〟では托鉢僧には白飯と漬け物、あれば豆腐か納豆、それに湯に麩と塩漬けわかめを少し入れて出汁を取らずに味噌だけで味付けした精進味噌汁をその場で作って出す、という決まりになっていた。飯が売り切れているときだけ、お布施用の干し飯を持って帰ってもらう。

僧といえば上野の寺々だが、あちらは漆や朱漆塗りの絢爛豪華な大伽藍で将軍家や大名家から山ほど寄進をもらって贅沢に暮らしている。こんな下町に托鉢に来るのは食い詰めて出家した郊外の小寺の僧と決まっていたが、その日やって来たのは輪っかのついた錫杖を手に笠をかぶって、墨染めも袈裟もあちこち破れて土埃だらけの僧だった。脚絆に草鞋で巡礼の途中とみえる。笠の下は剃る余裕がないのかぼさぼさの蓬髪だが、顔はまだ若くて三十そこそこ。

言っては何だが托鉢僧は小汚い方がありがたい。

なびきはもうすぐ十五だが髪は茶色い癖毛で銀杏髷がすぐ緩んでしまうし、そばかすもあって器量よしの看板娘とはいかず、いいところこの店に幸運を呼ぶ猫――と言いたいところだが本物の猫がいるので冴えない孫娘だった。いつだって安物の海老茶の小袖に襷をかけ、茶色の前垂れの着たきり雀。流行りの着物にも簪にも縁はなかった。

「どうぞ、何もありませんが」

せいぜい托鉢僧に湯で温めた豆腐と飯と汁の折敷を出し、親切にするくらいが関の山だった。世間では嫁入り先を探す歳なのになぜだか女と見られないのはなびきの取り柄で、僧の身の罪障になりようがない。よいことなのだと思うことにした。

僧も手を合わせて一礼し、無言で豆腐に醤油をかけ、飯椀を取って食べ始めた。

「いつも思うんだが、神憑りが坊主の世話なんかしていいのか？　神さまと喧嘩にならねえの？」

一部始終を見ていた出入りの魚屋、棒手振りの辰が床几で猫をじゃらしながら遠慮なく尋ねた。

「〝神さま〟に仕えておると寺参りにも行かず仏道がおろそかになるので坊主に代わりに拝んでもらうのが筋ということになっておる」

久蔵が答えた。

辰は粋でいなせな魚屋にはほど遠い野良犬のようにひねた目つきのやせっぽちの十六の少年だったが、背が高くて足だけは速かった。「辰」の字の入った腹掛けに股引で半纏をちゃんと着ずに腰に巻きつけて走り回っていたが、あんまり見た目が寒いのでなびきが半纏に綿を入れてやった――が、師走になっても相変わらず右腕しか半纏に袖を通しておらず左肩は剝き出しだった。それでいて「寒くないのか」と聞くと「寒い」と答える頓珍漢だった。

なびきの養い親でこの店の主人の久蔵は六十の細身の老人でもう白い髷を手拭いで隠しているが、目つきだけは武芸の達人のように眼光鋭かった。冴えない茶色の小袖に前垂れに股引の当たり前の料理人の格好をしているが、老いた武芸者が隠棲し世を忍ぶ仮の姿のようだった――その実態は京でお公家の厨番をしていたこともある歴然たる料理人でただ目つきが悪いだけだ。

二人とも食べものを扱う客商売なのに無愛想で目つきが悪い。まるでこっちの方が弟子と師匠、ときどきなびきはそう思う。

煮売り屋〝なびき〟は竈の上、荒神さまのお札の隣に〝神棚〟がある。神棚の〝ご飯の神さま〟にお供えをするのが代々の店主の務めで、久蔵の次はなびきだった。

お供えの残りを店の客に出すことで、〝神さま〟のご加護を皆に配る。

そうしていると時々〝お告げ〟の夢を見る。この〝お告げ〟は大変ありがたいもので大飢饉の折には人を救った。次に大飢饉が来るまでに〝神さま〟に神通力を蓄えていただくのがなびきに課せられた使命だった。

　おかげで天下泰平の今は〝神さま〟は大分気が抜けていて、〝お告げ〟も役に立ったり立たなかったりだった。


　今朝の夢はとびきり意味不明だった。

　なびきは禅寺で座禅をするとき見張りの僧が持っている平たい棒――板？　警策を持っていて、座禅を組む豆腐を見張っている。

　……豆腐は手足もなく、四角いまま微動だにしないのに、座禅？

　しかも豆腐はふるふると震えて座禅に集中できないようで、一撃加えなければならないのが明白なのだが――

　豆腐を打ったら、崩れるのではないか。

　だが打たなければなびきが打たれる――なびきの背後に警策を持った〝ご飯の神さま〟の気配がする。

　〝ご飯の神さま〟は顔がよくわからない美女なのだが、墨染めの尼僧の衣をまとってそわそわと嬉しそうに警策の素振りをしている――〝神さま〟が尼僧の格好をしているのはそもそも罰当たりなのではないか。〝神さま〟と仏さまはどっちが偉いのか。〝神さま〟の方が偉くても清浄な仏具で遊んでいるのはよろしくないのではないか。

なびきが悩んでいると豆腐がぐちぐちとこぼし始める。

「豆のままならどこへでも転がって行けたのに」

この夢のおかげで、なびきは余分に豆腐を買っておくことができた。

「……失礼ですがお坊さま、もしかして座禅をなさる？」

どう見てもあの豆腐は目の前の僧だった。笠を取ると顔は豆腐っぽくなかったが。三十くらいか、精悍で彫りの深い男前だ。僧は驚いたようだった。

「なぜわかった。禅僧といえば禅僧だ、得度授戒したのは禅寺であったから。今思い出した」

「ええと……お顔つきが何となく」

夢で見た、とも言えずなびきはごまかした。

僧は道維と名乗った。

「四国にて八十八ヶ所の遍路を結願したゆえ、今は真言坊主だ。お大師さまの御姿は一度も見えなんだが」

「四国ぅ⁉」

端で聞いていた辰の方が番茶を吹き出した。——四国八十八ヶ所とは江戸ではなかなか聞かない。上方で不治の病に罹った当人か身内が巡礼するものらしい。

辰の大声を聞きつけておくまもやって来た。おくまは裏の長屋の大工の女房だが、男で年寄りの久蔵だけで女のなびきの世話をするのは無理だと何かとなびきをかまって入り浸っていた。

「四国八十八ヶ所って言ったかね。一体何を苦にしてそんなところまで。元気そうに見えるけど」

「野拙(やせつ)、武家であったが永代橋(えいたいばし)が崩れ落ちた折に妻子を亡くした。息子は二歳であった。我を失い髷を剃り捨て、病人に交じってあちこち巡って死に場所を探し、七回結願した。……足摺岬(あしずりみさき)も何度も訪れたが、しかし恥ずかしながらこうして江戸に帰ってきた。もう十年であろうか」

「九年ですね」

なびきが大火で家族とはぐれてこの店に引き取られた翌年のことだ。

「魚屋、お前も布施をやれ」

久蔵が辰を小突いたので辰は難色を示した。

「ええ、じいさんそんなのありかよ」

「あたしその袈裟、繕(つくろ)うよ。縫い物は得意なんだ」

おくまは既に洟(はな)をすすっていた。四十がらみで三人の息子を次々職人の内弟子に出したおくまは男の身の上話に弱かった。

おくまだけではない。駕籠舁きの鶴三(つるぞう)と亀吉(かめきち)、桶職人の松次(まつじ)などの常連も寄ってきた。

「江戸から遍路行って帰ってきたたぁただごとじゃねえ。四国って何があるとこなんだ。

讃岐と土佐と？　鳴門の渦潮？」

「おれも永代橋から落ちたんだがよ」

「すげえなあ。あんた、今日泊まるとこはあるのか？　寺に帰るのか？」

それまで托鉢僧になど興味もなく、自分の昼飯を食ったらすんなりと帰る気だった連中までもはしゃいで道維を取り囲んで話しかけた。

駕籠舁きの二人は隣の長屋に住んでいる。背丈が同じくらいで歳も三十代半ばで同じくらい。釣り合いが取れていて、名前も鶴亀で縁起がいいので二人で組んで商売していた。いつも頭に鉢巻きを巻いて、鶴亀と名の書かれた揃いの半纏に股引だ。顔は鶴三の方があっさりしているが眉が濃く、亀吉は彫りが深くてくどいが鼻が丸すぎて二人とも男前とは言いがたい。二人とも年がら年中、女にもてないとピーピー言っていたが思い詰めるほどでもなかった。道維はあっという間に亀吉の長屋に居候することになった。

給仕のおしずだけが冷ややかに壁にもたれて彼らを見ていた。十六歳のおしずは出戻りの身を持て余して酔狂にも働いている掛け値なしのこの店の看板娘だ。垂髪で美少年じみた美形なのに頭に手拭いを巻いて、紺の絣に襷をかけて熱心に働いていた。

性根もいつもは明るく気さくだったが、今は白けてものも言わなかった。

恐らく僧侶やら行者やらが嫌いなのだ。

永代橋の落橋は九年経ってなお語り草になるほどの災禍だった。

永代橋は大川（隅田川）を跨ぎ、日本橋北新堀町と深川佐賀町をつなぐ大橋で最初は五代綱吉公の五十賀の祝いに架けられた。〝永代〟は深川に永代島というのがあるからだが、綱吉公の長生きを祈る名でもあったろう。

その後、古くなったのでご公儀が取り除けようとしたが町人たちが反発。北の新大橋まで迂回するのは面倒、ここに橋が必要なのだと言い張り、自分たちで架け替えて使っていた。

それが文化四年八月十九日、深川は富岡八幡宮の祭りの人の多さに耐えかねて、真っ二つに真ん中でへし折れた。

小さな丸木橋とは違う。大川を跨ぐ百二十間もの太鼓橋が、大群衆を乗せたまま無惨にも倒壊したのだ。

死者は千四百人にも上るという――

綱吉公の橋は火災で焼け落ちたり大風で壊れたりで何度か架け替えられたが、そのたび安普請になった。普請の費用は深川の商人などが捻出、橋の通行料も取って足しにした――が足りるものではなく、騙し騙し補修して虫喰いなど見て見ぬふりをしていた。

下を帆船が通るために橋桁が高く橋の反りが大きく、他の橋より強引な造りだった。

船がよく橋脚にぶつかったが修繕が足りていなかった。

寛政の改革で二十年ほど祭りの出し物にまで倹約令が出ていた。それが解け、富岡八幡宮自体が長く祭りをやっていなかったのが久方ぶりに山車やら神輿やら豪勢なものを繰り出して盛り上がり、江戸っ子たちの血が騒ぎ、常より多く人がいた。

十一代将軍家斉公の実弟、民部卿一橋斉敦一行の船が通る際、頭上のこの橋から人を追い払おうとして大勢が揉み合いになった——

原因は様々噂されたが、やはり町人の管理で安普請だったというのが一番大きい。そのために他の橋ではあり得ないことがいくつもあった。富岡八幡宮の祭りがなくてもいつか永代橋は崩れる運命だったのだろう。

日本橋から深川へ、ということで日本橋のすぐ北の神田の住人も少なからず巻き込まれた。家族を亡くした人は珍しくなかった。祭りというのでこれが今生で最後の楽しみと張り切った年寄り、艶やかに着飾った娘、血気に逸る若者、幼子、あらゆる人がそこにいて二度と帰らなかった。

ある人は大金の入った財布を人混みですり取られた。すった護摩の灰が永代橋から落ち、変わり果てた土左衛門は見分けもつかないので財布の名札で確かめて家族が泣いて弔いをした。墓まで建てた後にその当人が生きて出てきた——なんて笑い話まであった。

その日、なびきはまだ小さくて久蔵といつも通り店番をしており、おくまと息子たちは腰を痛めた夫の看病をしていたが、辰は兄に連れられて祭り見物に行った。

彼は落ちた橋の前で人混みにぎゅうぎゅう押されていたそうだ。彼も十にもならない子供で川に落ちなくても踏み潰されそうだった。橋がへし折れてからも後ろから押された群衆が次々落ちていくので、同心が刀を振り回して人々を橋から遠ざけたというが、人に揉まれて地に足も着かない辰からは全然見えなかったらしい。

二十代半ばだった駕籠舁きの鶴三と亀吉は実際に折れた永代橋から落ちた。だがこの二人は悪運強く岸に泳ぎ着いたり漁船に助けられたりして生き延びて、〝揃って三途の川を渡り損ねた神田の地獄兄弟・鶴亀〟と不吉なのかめでたいのかわからない二つ名を名乗っていた。ちなみに背丈が同じくらいで馬が合うので組んで商売しているだけで、血縁はない。

洒落で済むのはこの辺で、富岡八幡宮に行くと言い残して一家が丸ごと消えてしまい、長屋が空になったまま、親戚が訪ねてくるが皆どうしていいかわからない、ということもあった。

若者ばかり連れ立って出かけ、死んだ子の親が生き延びた子の親をなじって殴るというのも珍しくなかった。家族を亡くして錯乱して失踪してしまった人、知人を亡くして自分だけ生き延びたのに気が咎めて首をくくる人すらいた。皆が皆、鶴亀ほど堂々としているわけではなかった。

そんな中、当時二十歳の若侍だった道維は勤めの最中に報せを受けて川原に駆けつけ、溺死した妻の亡骸と対面したそうだ。

嫡男・福寿丸は産着と錦の袋に入った守り刀しか見つからなかった。

子守りの娘が自分が祭りに行きたがったばかりにと泣いて詫びてその晩、胸を突いて死んだが、罪障が増えただけだった。

「坊主の下着ってこんなんでいいのか」

おくまが繕おうと道維の袈裟や墨染めを脱がすと、下の白衣（びゃくえ）もボロボロだったので辰がひとっ走り、古着屋からそれらしきものを調達してきた。――おくまは親切のつもりなのだろうが、若い娘がいるのに僧の衣をひっぺがすような真似（まね）はよしてほしかった。おくまだって女には違いないので、きっと道維も困っていただろう。辰のは布施であり、僧は布施を拒めないので「こんなん」でよくなくても道維は着替えなければならなかった。

なびきにできるのはおしずと二人、壁の方を向いていることだけだった。

「親切も逆に無体ですよおくまさん……」

「何でおくまさんは自分だけはいいと思ってンだろう……女が坊サンに触るの、罪障でしょ」

二人、ぼそぼそとささやき合った。

決まりというのは必要があってそうなっていることがわかった。道維はおくまの息子というほど若くなく、枯れるほどの年寄りでもなく男前なので罪深いだろうに。

「はい、できたから二人とももう見てもいいよ」

というおくまの言葉でやっとなびきとおしずは振り返った。

別に何も面白いことはない。道維の衣の破れた部分が縫われているだけで。おくまは確かに縫い物は上手だが持ち合わせがなかったらしく紺の糸で墨染めを縫い、黄色い袈裟を白い糸で縫ったので跡が浮き上がっていた。

「そういえば坊サンの着物ッて古着屋に売ってるの見たことない」

「寺であつらえるんでしょう。お寺に帰らないんですか？」

なびきが尋ねると、道維はかぶりを振った。

「十年近くお大師さまを追いかけていたのに禅寺に帰るのは気が引ける。長屋に厄介になりながら真言宗の寺を探そうと思う。何せ妻子が死んで右も左もわからないまま出家してしまったので」

「なるほど、それで」

辰が謎(なぞ)の相槌(あいづち)を打った。

道維は親戚に武家の家督を譲って先祖の墓のある菩提寺(ぼだいじ)で出家したもののその寺も着の身着のままで飛び出して、なるべく江戸から遠ざかろうと四国まで行ってしまい、座禅なんか全然したことがないそうだ。

「坊サンの宗派ッてそんなに重要なの？」

「四国では何でもよかったが、江戸の寺に住まうならば大事だろう」

「何で江戸に帰ってきて？」

「七回も結願したのだから一度くらい高野山(こうやさん)に登ってお大師さまをじかに拝めと勧められた。この衣は高野山でいただいたものだ」

辰の質問に道維は答えた。遍路の最後を弘法大師空海のお膝元である紀伊の高野山金剛峯寺で締めることもあるそうだ。

「その帰り、上方から船で四国に戻ろうと難波の船着き場で待っておったら、いつの間にかその錫杖に蛇が絡みついておった」

と道維は壁に立てかけた錫杖を差した。

蛇、という言葉になびきは胸がざわめく。道維が話しているのはニョロニョロ長い生き物のことだが、なびきの心には少年の姿で思い浮かぶ。

「大きなものでもなく振り払ったら逃げたが、それが海を泳いで船に向かった。――蛇は福徳をもたらす神の使いと仏敵とがおる。神の使いならばよいが、みすみす仏敵を放って船が沈みでもすれば野拙の不徳。ゆえに自らその船に乗り込んでいざとなれば法力で蛇を退けようと考えたが、神の使いの方であったらしく何ごともなく江戸に着いた。行き先を選んだのは野拙ではないのだ」

蛇のお導きとは不思議な話――おくまは真に受けたようだった。

「折角であるから、懐にかき抱いて八十八ヶ所をともに巡った福寿丸の守り刀を菩提寺に納めてゆこうと思う。――逆打ちでお大師さまに出会えたらこの子を連れて行ってくださるようお願いするつもりであったが、野拙が願うまでもなくもう相応しいところに行ったのであろう。持っていても未練であるゆえ」

道維が精悍な顔で健気なことを言うたび、おくまが泣いてしまう。やはり彼女のは女の罪障のような気がした。

常連が話をせがむのも済んで道維がやっと去ると、おしずは粗塩の壺をひっ摑んで出入り口に撒いていた。

「何で皆、あんなお涙頂戴真に受けるワケ？　鳥肌が立ちそう。髪の長い男前の坊サンなんか気色が悪いよ」

彼女はやはり、白けきっていた。

「永代橋の土左衛門ッて四百人くらいだッて聞いたけど。ウチ、父さんがその頃小石川にいて、怪我人の手当てに行って土左衛門の数も数えたよ」

お堅い名医のおしずの父は小石川療養所に勤めていたことがあるらしい。――そこから疑うか、と思うが。

「四百いくらってな亡骸拾って数えた数だから、川の底に沈んだままのや海まで流れてっちまった分は入ってねえんだよ。潜って拾ったたって知れてらあ。行方知れずが千四百だ。大人の骨も九年も経ちゃ川底で朽ちちまってるし、二歳なら赤ん坊で粉々んなってすぐ魚に喰われちまったかもしれねえし。本当に死んだかなんて言うだけ野暮だぜ」

辰のこの反論は世間で言われている通りだった。

なびきの見解は少し違う。

「少し後に憎たらしい女房や亭主や姑や継子を川に突き落として、永代橋と一緒に落ちたって言ってた人もいるかもしれないですけどね。二、三日も沈んでれば浮いてきてもいつどうなったものか見分けはつかないです」

「なびきお前恐ろしいこと言うな」

「火事と喧嘩は江戸の華、深川の祭りで人が死ぬのも風物詩ですから。言い出したらきりがないしお坊さんを疑うと不人情に見えて自分が損ですよ、おしずさん。托鉢の方にご飯を出すのは礼儀ですし、死んだ赤ちゃんなんかいなかったんだって思えば騙されても〝いい話〟になります」

「じいさん、娘の育て方間違ったな」

「わしは人を気遣い優しくせよとしか言うとらんはずじゃが」

なびきは堂々としていたが辰と久蔵がひそひそ話した。——何というかなびきはおくまが男前に絆されすぎて、怪しげな壺や霊水を高値で買わされそうで心配だった。

道維が江戸に来たきっかけが蛇というのも気になった。

あんなものはたとえ話だ。彼がそんな気分になった、大した理由はないということで本当にそんなものがいたかはわからないが。

「わしの勘ではあの豆腐坊主はしばらく来るので豆腐や納豆を欠かすな、なびき」

「鶴三さんと亀吉さんが連れてくる？」

「それもあるが、大変な大食らいじゃ。遍路の旅路で飯やら宿やら山ほど施しを受けて、高野山でお大師さまと同じ釜の飯まで食ろうてあのざま。厄介なのに目をつけられたわ」

久蔵が苦りきった顔でそう言うのは、怪しい壺や掛け軸を売りつけられそうで嫌というのとは違う感じだった。だが次来ても追い返せと言うのでもない。

道維は飯は人並みに一膳だけ食べて出ていったが——駕籠舁きや大工が山ほど白飯を食べるので煮売り屋〝なびき〟のご飯茶碗は大きく、多めに盛るのでお代わりする人は滅多にいない。

「わしら二人がかりであれの腹に飯を詰め込んでも全部素通しの笊、笊豆腐じゃ。荒太のような無茶食いをされてはうちは無一文になってしまう」

——大袈裟な。一日一膳ならひと月ほど食べさせても言うほど損ではない。何せ相手は仏僧、おかずは豆腐か納豆だ。凝った魚料理はない。三食食べに来られたら眉をひそめるが、困窮するかというとそこまででは。

道維がいれば半月くらいは四国の話を聞きたがる人がやって来て客足は伸びるだろう。道維が食べた分を肩代わりする人も出るだろうし、差し引きで稼ぎは増えそうだ。

引き合いに出した博徒の荒太も、一時はツケ払いが年を跨ぐほど滞っていたが最終的には算盤が合った。

「殺生じゃぞ、神さま。決心が揺らぐじゃろが。それともこれがとどめの一撃か」

久蔵がこぼした言葉がいつまでも耳に残った。

2

こんな煮売り屋でも年に一度は煤払いをする。師走の十三日は朝から皆で店中、長い笹竹の枝先で煤を払い落として箒で掃いて雑巾で拭う。

「おしずさん、家の煤払いしなくていいんですか?」

「いいのいいのコッチで」

おしずはやる気満々ではたきを振り回していた。

煤払いでは神棚も掃除する。ちびのなびきでは床几の上に踏み台も置かないと神棚に届かないが、すらりと背が高く手足の長いおしずなら床几だけで事足りる。

神棚ごと下ろして中のものを取り出す。

ご神体の銅の鏡は古紙で油を拭って新しい油を薄く塗り、神棚本体は竈の灰を湯に浸けたもので磨く。

すごいもので、脂でベタベタになっている神棚が竈の灰を使うと面白いようにペロリと汚れが剝がれてピカピカになる。ただし油断してチンタラやっていると指先の皮までペロリと剝がれてしまうので、早々に済ませて手に軟膏を塗らなければならなかった。おしずが持ってきた馬の油は手荒れにとても効く。

灰でも取れない汚れは、ヤスリで擦って削ってしまう。

ピカピカに磨いたらご神体の鏡と、なびきと久蔵が新しく書いておいた起請文を入れて竈の上の荒神さまの隣に戻す。荒神さまの方はご近所の年男にお札を取り替えてもらう。

「コレは入れないの?」

おしずが木彫りの犬のおもちゃを摘まみ上げた。

「それは、もういいんです」

なびきが拾われたときに持っていたもので、火事ではぐれた家族に再会できるよう願掛けに入れていた。が、来年からはもういい。なびきがそう決めた。おしずは不思議そうに手に載せて眺めて、そのうち帳場の隅っこに置いた。

神棚の掃除の間、久蔵は一人、鯨汁と煮染めを作っていた。

鯨汁は塩漬けの鯨の脂身をぬるま湯で塩抜きし、刻んだ大根と牛蒡と一緒に煮込んで味噌で仕上げる。今日のは蒟蒻も入っている。

味噌での味付けだけなびきがすることになった。鯨は水戸で獲れるのを塩蔵したもの。そんなにお高いものではない。魚だが獣の肉のようで、すごくおいしかったりそうでもなかったりまちまちだ。

誰が決めたのか、江戸では煤払いの後は鯨汁を食べることになっている。「江戸中で五六匹食う十三日」、この日だけで江戸市中では五匹分も六匹分も塩漬けの鯨を食べるだろうと謳われるほど――

そのため、煤払いの日の朝に見る夢はいつも鯨汁と決まっていたが、今朝はなぜだか何も夢を見なかった。

煮染めは椎茸で出汁を取って蓮根と蒟蒻と厚揚げを煮た正月料理だが、師走から何度も作って食べる。

鯨汁が煮えたのを嗅ぎつけて裏長屋のおくまがやって来た。

「年越しにはこれがないとねえ」

おくまが味見とばかりに熱々の鯨汁をふうふう吹いてはすする。おくまは家事は何でもこなすが料理だけは苦手で無口な大工の夫とよく食べに来た。

なびきも汁を味見したが、牛蒡が鯨の臭みを消し、それでいて鯨の脂がほんのり甘くて野菜に絡んでいい出来映えだ。味噌汁に肉が入っていると何だかはしゃぎたくなる。

「こうなるとあんころ餅も必要だね」

おくまが言った頃、丁度辰がやって来た。

棒手振りの辰は今日は岡持を下げて菓子屋からあんころ餅の出前だった。やはり誰が決めたかはわからないのだが煤払いにはあんころ餅。きっと江戸中の菓子屋が今日、いつもの三倍も四倍もあんころ餅を作る。

「後は晩飯の蕎麦だな」

「ご隠居さんが買ってきてくれるそうです」

誰が決めたかはわからないが――

客が続々と鯨汁を食べにやって来る。いつもは駕籠舁きや近所の長屋住まいの職人などお決まりの常連ばかりだが、煤払いで料理まで作っていられない長屋のおかみさんも鍋を持って持ち帰りを買いに来た。

こんな日に豆腐と精進味噌汁の道維は流石に申しわけなさそうだった。

「忙しいのに手間を取らせて」

いつもと大して違いませんよ、と言おうとしてなびきは厭味かなと思った。

「あんころ餅はお坊さんも食べていいんでしたっけ？」

「ああ、肉食も酒も禁じられているのだから甘味くらいは」

しかし晩の蕎麦は出汁に鰹節を使う、醤油だけで蕎麦を食うなんていかにも味気ない。

道維の皿にはあんころ餅を一つ多く載せた。

おしずは何だか上の空でそわそわと辺りの気配を窺って落ち着かない。

「どうしました？　……まさか変な人でもいます？」

なびきも恐る恐る尋ねた――

おしずは闊達とした彼女らしくもなく、声を潜めてなびきにささやいた。

「……胴上げはしないの？」

「胴上げ？」

予想と違って、なびきはきょとんとした。冗談かと思ったがおしずの目つきは真剣そのものだ。

「煤払いの後に、しないの？　胴上げ」

「しないですよ」

何のことか意味がわからなかった。

「大店じゃやるらしいね、煤払いの後に胴上げ」

床几で鯨汁を食べているおくまが口を挟んだ。

「どうして？」

「さあ？」

「よかったー、ないンだ」

やっと納得したらしく、おしずは息をついて弛緩した。油断した隙に取り囲まれて担ぎ上げられると警戒してずっと肩をいからせていたらしい。

「嫁入り先で去年、無理矢理やられて。アレ高くて怖いンだ。皆ヘラヘラ笑ってて誰も助けてくれないの」

「そんなに怖いかい？」

「自分で木や梯子登るのは平気だけど根性ないヤツに胴上げされるのは嫌。男なんて信用できない」

おしずがぶつぶつぼやくのは、なびきも心当たりがあった。

「わかります、わたしちびだから冗談でいきなり肩車する人がいて」

世の中には突拍子のないことが面白いのだと信じている人がいて、急に襲いかかってきて力任せになびきを肩車したり両腕を摑んで振り回したりして一人で笑う。なびきが恐ろしい思いをしても大人は「遊んでもらってるんだから喜んであげなよ」と言うばかり——

「何で男の人ってすぐに人を振り回すんでしょうね？〝高い高い〟で喜ぶ歳じゃないんですけど。〝遊んでやった〟って、喜ばなかったら怒る」

思い出すと腹立たしい。ちびのなびきをお手玉のように扱う男は勢い余って物にぶつけても、気づかないかヘラヘラ笑って謝らないのだった。

「女怖がらせて面白がって、コッチが本気で怒ると怒り返してくる男ッてどうしようもないよね。そんなのに限ってアタシより腕っぷし弱いの。餓鬼くさいッたら」

「誰が子供で誰が遊んでるんだか」

「手厳しいねえ、娘どもは」

——おくまは大柄なのでそういう役に当たったことがないだけ、と言いかけてやめた。

一段落しておしずは愛想のいい飯屋の給仕に戻ったが——桶職人の松次から代金をもらうと、ふと外につかつかと歩き出した。

向かいは桶屋でその隣は煙草屋。店と店の間に隙間がある。

その隙間に狐面をかぶった男がいて、なびきは悲鳴を上げそうになった。

おしずはまっすぐに狐面の男に向かい、いきなりその腕をねじってこちらに引きずってくる。なびきも店を飛び出した。

「やめて、おしずさん、事情があるの——」

「卑怯者が顔隠しやがって、しゃらくさい。他人さまに見せられないどんな顔してるんだい」

おしずは容赦なく狐面に手をかけ、引き剝がす。自分の顔の皮が剝がされるようでなびきは思わず手で顔を覆った——

「何だ、面は狐だがツラは狸だな。豆狸？」

「いい羽織着てやがるがどこのお大尽だ。おしずちゃんの知り合いか？」

――だが周囲の反応は予想と違った。常連の駕籠舁きの鶴三と亀吉が暢気な声を上げるのを聞いて、なびきは恐る恐る指の間から様子を窺った。

面を取られて不貞腐れているのは、見たことのない大顔の青年だった。いや三十くらいなのだろうか。顔は大福みたいに丸いのに目鼻が小作りで真ん中に寄っていて、不釣り合いで面白い。目鼻立ちだけなら甘い美男と言えなくもないのに全体が大福――吉相なのかもしれない。よく見ると狐面は大きかった。特注なのか。

黄八丈の羽織に黒の縮緬の小袖は金持ちの着るものだ。黄色の羽織は恰幅がいい方が似合う、が、物には限度があるのでもう少しやせた方が。

「おしず、お前、亭主に恥をかかせるな！」

「誰が亭主だ、元亭主だろうが！　是衛門こそ店に迷惑をかけるな！」

太っているせいか男なのに声が高い。

男とおしずが喚き合っているのに、おくまは興味津々の視線を向けていた。

「おしずちゃんの元亭主だって。なびきちゃん、事情があるって、知っていたのかい？」

「いえ……人違いですね……」

安堵半分、動揺半分でよろめいて倒れたい気分だった。――心の臓に悪い。特注の狐面で顔を隠してまで元嫁を覗くのは間違いなくしゃらくさい卑怯者の所行だった。

その間もおしずと元亭主・是衛門は往来で罵り合っていた。

「言っておくがお前、わしは三行半を書いておらんぞ！　お前はまだわしの女房じゃ！」

「ハア？　今更何を言ってンだか」

「お前が実家で頭を冷やすと言うから成り行きを見守っていたのに、飯盛り女なぞに成り下がるとは！」

「ココはそんな店じゃないよ！」

江戸の男は店で働く女を誰も彼も一緒くたに隠れ女郎のたぐいと決めつけがちだった。

――一度祝言を挙げて夫婦になったら、亭主が離縁状を書かなければ離縁できない。

女房が離縁したいと思ったら尼寺に駆け込み、離縁状を書くか女房を尼にするかと寺から亭主をせっつく。断固として亭主が離縁しないと言う場合、女房は尼になったという体裁で二、三年、尼寺で暮らす。そうすると晴れて自由の身だ。が、おしずはそういう手続きを踏んでいないようだった。

「父さんに任せて離縁したと思ってたのに！」

「わしが離縁状を書くまでお前は新しい男と夫婦になるなぞできんからな！　姦夫姦婦を重ねて四つじゃ！」

「できるモンならやってみな！」

怖いくらいの剣幕だったが、あっという間におしずは是衛門の胸ぐらを摑んで華麗に投げ飛ばした。

一回転して地面にへたり込んだ是衛門は肩まで着物がはだけたまま、しばし呆然としていた。右肩に黒い文字で「右」と書いてあるのは彫物なのだろうか。普通、字だけの彫物は惚れた相手の名など書くものだが。

――常識人のおしずの父・小堀清玄が、二人を夫婦のままにしておくとおしずが是衛門を殴り殺すと判断して実家に引き取り、粛々と離縁の手筈を進めていたが、是衛門の方が駄々をこねた。説明されなくても大体の事情が飲み込める。

是衛門にしても姦夫姦婦を重ねて四つ――間男と女房を二人まとめて首と胴を切断して制裁する――と言い出すには遅かった。

おしずは博徒の荒太に入れ揚げていたが風来坊の彼は早々に箱根に去ってしまった。彼が居合わせたらそれはもう大修羅場だったのだろうが、いないので、ただ失恋でヤケになったおしずが元亭主をいたぶって発散するだけの場になっていた。修羅道？　殴られることでおしずの心を慰めているとしたら元亭主は健気ですらあった。

「何と、おしずさんを嫁にもらいたいと申し出たのに許しが得られなかったのは是衛門どののせいだったのか！」

そこに第三の人物が現れた。座敷で鯨汁を飲んでいた総髪に十徳の青年がわざわざ座敷を立って往来に進み出た。是衛門とは正反対にやせぎすで頬骨が高くて肌が青白くていかにも肺病持ちのような顔つきをしている。目方では是衛門の三分の一もないのではないか。

「お前、清兵衛、おしずに言い寄っていたのか、この間男！」

途端、是衛門はしゃきっと立って着物のはだけたのを直した。

「わたしは正々堂々と父君に許しを乞うた、間男とは心外だ！　是衛門どのこそおしずさんを長く放っておいて今更、厚かましい！」

改めて清兵衛が是衛門ともめ始めたが、清兵衛は是衛門が突いたらそれだけで骨の一、二本折れそうでかえって危うい。

「誰だい、あれ」

――いつの間にか、隣の荒物屋のおときが床几のそばまで来ていた。小ずるい狐みたいな顔の女で隙あらばこの店を乗っ取ろうとしていてお隣さんとしてはあまり仲がよくないのだが、往来のど真ん中で展開される修羅場に興味津々らしかった。

「ええと、お父さまに申し出たっていうのは多分、おしずさんのお兄さんの友達でお医者のお弟子なんだと。よくおしずさんと出歩いてるって聞いてます」

「医者の弟子」

隠すようなことでもないのでなびきが教えると、自分の縁談でもないのにおときの目が爛々（らんらん）と輝いた。

「そりゃ稼ぎはどんなもんかねえ。お偉い先生の荷物持ちでも駄賃くらい出るのかい。医者は大成すりゃ稼げるんだろうけど、あんな鶏の足みたいななりで大成するほど長生きできるのかね」

横で聞いていたおくまが顔をしかめる。

「いきなり稼ぎの話なんて野暮だね。互いの相性やら心根やらあるだろう」

「綺麗事を言うねえ。まず稼ぎだよ。元亭主ってのは？ 羽振りがよさそうなりしてるけど」

「いつか聞いたときは薬種問屋だって。三峯屋、だったかね。京橋？」

「両国相生町らしいです。――おしずさん、荒太さんがいなくなったばっかりで傷ついてるのにそんな話」

「それは違うよ、なびきちゃん」

なびきが言うと、急におくまの方が力説しだした。

「失恋の後は色恋の一粒万倍日、男はグイグイ押して傷ついた女を慰めて心の傷を埋めてやらないと！」

「……それはおしずさんの弱みにつけ込んで勘違いさせちゃうんじゃ？」

「色恋の八割までは勘違いで残り二割がご縁だよ！」

おときまでうんうんとうなずいた。

――大人の話はなびきには難しかった。おときとおくまは仲が悪いと思っていたのに、ここに来て急に姉妹のように意気投合し始めた。

「どんな男でも大体荒太よりはマシなもんだが、望み薄だねえありゃ」

「そうだね、おしずちゃんも二人の男の板挟みで女冥利に尽きるって顔じゃないね。あれじゃ継母を気遣う子供だよ。今どき継子でもあれくらい愛想はあるもんだ」

言いたい放題だ。

その間もおしずは天下の往来を堰き止めて、是衛門をせっついていた――彼女は清兵衛より是衛門をかまう方が楽なのだろう。

「アンタ、吉原で贔屓の花霞花魁はどうしたンだい？」

おしずが尋ねると、是衛門ではなく、突っ立ったままあんころ餅を食べていた辰が答えた。

「花霞。吉原の花霞って言やあこないだ浅草の何とかいうお大尽に身請けされたって話だぜ。世の助平どもは生きるの死ぬの大騒ぎだ」

それを聞いておしずは後ろから是衛門の首に腕をかけて締め上げる。

「アッチがダメになったからアタシってそんな根性で今頃顔出して、ブッ殺してやる、この両天秤野郎」

「両天秤でも片側が名高い花霞なら女冥利じゃろう！」

「居直るな！」

「男が吉原に通って何が悪い、そんなことで怒って実家に帰るなどお前だけじゃ！」

「おしずさん、わたしは吉原に贔屓などおりません！　そんな悪い遊びとは無縁です！」

清兵衛が横から口を出すが、彼はゴホゴホ咳き込み始めておしず対是衛門の大局はあまり変わらない――

往来は人で溢れ返っていた。ここは裏道で普段なら近所に住む人か近道をする人しか通らないが、騒ぎで人が集まっているのか前垂れをした手代やら煤払いの笹竹売りやら隣町のおかみさんやらが人垣を作っていた。

その中に、今度こそひょっとこ面の少年がいた――

歪んだ顔の張り子のひょっとこ面に、継ぎのあたったぼろの小袖の細身の少年。

周囲は「年の瀬には珍妙な芸人がうろつくものだ」程度にしか思っていないらしく、おしずが派手に是衛門をとっちめているのに夢中だ。彼の正体が何かも知らずに。

彼の名は真蛇。仏敵の蛇。

まだ十六や七だというのに精巧な贋富くじをバラ撒いて目黒不動から大金をかすめ取った稀代のイカサマ師。

なびきにしてもこんな人目のあるところで彼に声をかけるなどできなかった。

もし常連客や店の人たちが彼に興味を持って面を取ったら――顔の半分が引き攣れた火傷の痕を見たら――

「水でも引っかけてやったらどうだい。野良犬の喧嘩仲裁するみたいに」

おときがどさくさに紛れておくまが手にした皿のあんころ餅をつまみながら言った。

「道維さま、お坊さまがいっちょ説教してやってくださいよ――」

おくまが店の中を振り返ったが、いつの間にか道維はいなくなっていた。わざわざ裏口から出ていったのか。

「しょうのない連中じゃ」

久蔵が重い腰を上げ、手を打ちながら三人に歩み寄った。

「そこまで。おしずはうちのなびきが父御から預かった看板娘、そちらが亭主とて、はいそうですかと返すわけにはいかん。返せと言うならもっと早うに来い甲斐性なし、先月じゃったら返してやったわ」

「偉そうに、何様じゃ爺」

「飯屋の爺じゃ、若いの」

　是衛門はうめくように悪態をついたが、久蔵は怯みもせずつらつら述べる。

「聞けばおしずの父御は秋頃、なびきの元に羊羹を持っておしずを働かせてやってくれと頭を下げに来たそうじゃぞ。ご亭主はその頃、何をしておったのか。出来た父御、ご亭主に何も言うとらんとは思えん。もう煤払いじゃが今の今まで顔を出さんとは大した旦那じゃな」

「うっ……」

　投げ飛ばされても贅肉の力ではねのけていた是衛門だったが、ここまで言われるとぐうの音も出ないようだった——おしずの父が秋に羊羹を持ってきた後すぐに動いたなら是衛門の主張にも説得力があったのだが、何せもう煤払い。もっとも久蔵はその頃、長い旅に出ていておしずの父と出会ってはいないのだが。

「そうだそうだ！　おれはここ半年毎日おしずちゃんに飯ついでもらってるがお前なんか知らねえぞ！　帰れ帰れ！」

　ここぞとばかりに駕籠舁きの鶴三が久蔵の後に続いて野次り、他の男ども——客でも何でもない通りすがりの野次馬までもチャキチャキの神田の江戸っ子振りを発揮して是衛門に罵声を浴びせた。小娘のなびきには意味がわからないもの、意味はわかるが憶えていたくないもの、いろいろと。そんなこと姿を見ただけでわかるわけがないだろうという下世話な決めつけが大半だ。

そのいくつかが心をえぐったらしく、是衛門は顔色を変えてわななき始めた。

「くそっ、お前ら貧乏人ども、今に見ておれ、目にもの見せてやる！」

是衛門は何と言って何も言っていない捨て台詞を吐いて退散することになった。

「なびき、塩を撒け、塩を！」

なびきは粗塩の壺を摑んで塩を撒くことになり、幕引きとなってみるみる往来から人がいなくなる——いつの間にか、ひょっとこ面の少年もいなくなっていた。

そうして往来には冬なのに汗だくのおしずと、意気揚々と出ていったわりに特に何と言って何も見せ場がなかった細身の医者見習いとが取り残された。

「兄さん、鯨汁のお代わりはいらんか」

「あ、いや……小食なので、わたしはこれで」

久蔵が声をかけたが、清兵衛はいかにもばつが悪そうになびきに代金を支払って、おしずの方を見もしないでそそくさと去っていった。

おしずも急に毒気が抜かれたようによろよろと戻ってきた。店の客が励ますふりをして肩や背中をべたべた触ったが抵抗すらしない。おしずは湯呑みに番茶を汲んで一杯あおると、出し抜けにつぶやいた。

「アタシ、是衛門と離縁したら清兵衛と夫婦になるの？」

「知りませんよ。気が進まないんですか？」

「気が進まないッていうか……」

言いよどむ辺り、何をか言わんや。

「アイツ肺病で二度寝込んでて実家を継ぐの諦めて家族より医者と仲がいいから医者見習いやってて、次寝込んだら死ぬかもしれないから今生の思い出に一回くらい夫婦になってやれッて言われたら断りづらいなあッて」

おしずの言い草は確かに継母の機嫌を窺う子供のようだった。色恋からはほど遠い。色恋の一粒万倍日にさっさと帰ってしまう男に実りはなかった。清兵衛は無理をしても鯨汁のお代わりとあんころ餅を食ってもっと太るべきだった。健康のためにも。

「多分父さんと兄さんがアタシを是衛門に嫁がせたのッて清兵衛がすぐ死にそうだからだろうし、父さんが今回断ったのも本当に是衛門のせいなのかな……」

おしずは惚れた男に気遣いなどしない、体当たりする女だ。なのに清兵衛に対しては気遣いと忖度で雁字搦めだった。何なら殴るのに躊躇しない是衛門の方が脈があるくらいだった。

「なびきさんはこんなしょうもないことに悩まなくて済むからいいよね」

「わたしを何だと思ってるんですか」

どういう意味なのか、なびきは憤然とした。

「おしず、お前あの亭主が三行半を書いたらかわいそうな半病人と所帯を持ってこんな飯屋はやめるか」

久蔵がぼそりと言った。

「……いや、余計なことを言った。お前の人生じゃ。こんな店に遠慮をすることはない。好きにせよ」

おしずが答える前に自分で取り消したが、おしずの方は首筋に氷でも押し当てられたように縮こまっていた。

3

夢を見た。

いつもと違い、〝神さま〟がいない。

代わりに店中にお客がたくさんいる。

床几や座敷から声をかけられる。

「久蔵じいさん、今日の飯は何だい」

「早く飯を作ってくれ。腹が減ってかなわん」

しかし竈にも、裏の井戸にも、二階にも久蔵の姿はない。羽釜(はがま)に白飯は炊けているようだ。

夢なので、材料は後からでも揃うのだろう。

なのでなびきはおずおずと言う。

「おじいちゃんがいないので、わたしが作ります。何がいいですか」

――夢の中で自分から話したのは初めてだった。〝神さま〟は話しかけてこない。向こうが勝手に何かを言うだけだ。

「お前が？」

「お前、名は？　名は何という？」

訝(いぶか)るような声で問う。お客は誰も常連ではないようだった。

「なびきです」

「なびき」

途端、ぐにゃりと客の姿が歪んだ。

客だと思っていたのは、床几に座った狐だった。ふさふさした尾を振っている。

大きな蛙(かえる)もいる。

雀。鼠(ねずみ)。

それに、白い蛇。

「なびきが飯を作ってくれる。なびきが飯を作ってくれるぞ」

獣たちが人の声で口々に言った。

ぐらぐらと地べたが揺れた。

なびきの胸の中で心の臓が跳ねた。

羽釜の中の炊けた米粒が、一斉に縦になった。

おいしいご飯は米粒が立っているものだ。

入り口の軒に縄でくくられた蛸や鴨、切っていない沢庵がぶら下がる。今日おいしいのはこれです、と看板の代わりに食材をかける店もある。お客が来るたびに切って料理して出すのでどんどん減っていく。

「なびき、何か作ってくれ、うまいものを」

言葉で急かされてなびきは、脚をくくられた鴨を下ろす。

食べものがあって求められたら飯を作る。それは当たり前のことだ。

冬場の鴨肉は何日か寒いところで寝かせた方がおいしい。脂が馴染む。

昨日の夜は蕎麦に焼いた鴨肉を載せた鴨南蛮。久蔵が鴨肉を多めに仕入れていたので、今日は醤油仕立ての鴨葱汁だ。葱も鴨も一回焼いてから汁に仕立てる。

「おじいちゃん、今朝の〝お告げ〟、どう見えました？」

串を打った鴨肉を炭火で炙りながらなびきは尋ねた。〝お告げの夢〟が見られるのは神さまに選ばれた〝供え番〟だけで、今、江戸ではなびきと久蔵だけだった。

「わしの話など必要あるか。お前が見たように受け取ればよい」

久蔵は淡々と切った鴨肉を串に刺していた。彼はいつもそうだ。いちいちお告げの答え合わせなどしない。お告げは必ずその通りになるのだから久蔵は深く考えないらしかった。〝ご飯の神さま〟は女神で、見せる夢は食べ物に相応しくないことも多々あり、男の久蔵には言いにくいことも山ほどあるようだった。

「カンさんが二度目の大飢饉があると言うとったときは、わしもそれほど本気にはしておらなんだような気がする。結局三十年は来なかったな」

最初に神棚を作って飢饉を乗り切った初代は〝カンさん〟という人で、上方から江戸に来たばかりの久蔵に店を譲ってすぐどこかにふらっと消えてしまったという。もう六十の久蔵より年上なのだから生きてはおるまい。そのつもりで久蔵は、なびきを拾ったときに店の名も〝かんなび〟から〝なびき〟に変えた。

「まあ大飢饉なんぞ来んのが一番いいが、どうせ飯は毎日食うしわしらの取り柄はこれじゃ。大飢饉は百年後、お前が死んだ後かもしれん。お供えを怠るな。全ては〝神さま〟の巡り合わせじゃ」

鴨の脂が炭火にしたたって焦げるので、なびきは串を軽く灰の上で叩いて脂を落とす。

「〝神さま〟の巡り合わせがうまくなかったらどうなるんでしょう」

真蛇のことを思うと陰鬱だった。

恐らく大火で顔にひどい火傷を負って、片目が開かなくなり口が閉じなくなった少年。彼には〝神さま〟の――あらゆる神々の助けはなかった。少なくとも本人はそう思っている。

「助けてほしかったのに助けてもらえなかった人には、どうすればいいんでしょう」

「順番が回っておらんだけ、と言うよりないな。〝神さま〟に恨み言を言うのは信心がある証拠じゃ。何も信じとらんから救われんのとは違う。かわいげがある」

そんなものだろうか。「かわいげ」なんて。

「おじいちゃんは〝神さま〟が全部決めてるの、嫌だったりしたことないんですか?」

「人の思惑で決まっておるのも嫌なもんじゃ。嫌じゃと言うたら息を吸うのも嫌なときもあるし、水を飲んでもうまいときもある。宿酔いのときに飲む水は何もせんでも極上の甘露じゃ。——〝神さま〟のなさることと思った方がましじゃな」

久蔵の言葉は意外だった。「〝神さま〟のなさることが嫌とは何か」と叱りつけるときもあるのに。

「飯屋は商売半分、人情半分。お前もせいぜい細く長くやって次に〝神さま〟に誰か捕まるのを待つんじゃな」

久蔵いわく〝ご飯の神さま〟は供え番を選ぶのではない、〝捕まえる〟——

「次って」

「わしからしてみればお前が捕まるのに二十年かかっとるからなあ、先は長いぞ」

「気が早いですよおじいちゃん。いつの話をしてるんですか」

「いつ、といえばおしずが遅いな」

そう言われてふとなびきも炭火から顔を上げた。もう羽釜でご飯を炊いて蒸らして、料理は出来上がりつつある。おしずは気分屋だが、昨日のあの騒ぎで今日遅刻するのは妙だ。彼女のことだからむきになって店の手伝いを張り切りそうなもの——

　おしずが店に来たのはそれから少し経ってからのこと。

「ゴメン、遅くなって」

　彼女は手を合わせた。

「下駄の鼻緒、切れちゃったんですか？」

　なびきはおしずの下駄の鼻緒が右と左で色が違うのを指さした。昨日はどちらも赤だったのに今日は左だけ白い。家を出たところで下駄の鼻緒が切れたので、直すのに一度家に帰った——にしても遅すぎるが——

「マアそうなんだけど——実は家出たトコで変な連中に絡まれて、パパッと華麗に撃退して」

「変な連中⁉」

「是衛門の手の者が。元嫁に刺客送るッて何考えてンだか」

　おしずがからから笑うのになびきは生きた心地がしなかった。——元嫁に元亭主からの刺客とは。いや、おしずを連れ戻すのに強面(こわもて)の連中で脅かそうとしたら、おしずが女にあるまじき得意の宝蔵院(ほうぞういん)流の薙刀術(なぎなたじゅつ)で切り抜けた。それだけの話で、殺し屋などではないのだろう。だろう。と思う。

　久蔵すら鼻白んでいた。何せ彼は武術の達人みたいな顔をしているがそんな顔をしているだけで、刺客やら何やらに縁などない。

「それでお前、何ともないのか」

「ウン、下駄の鼻緒だけ。なびきさん、串燃えちゃうよ」

おしずにはなびきの手の肉の串を気にする余裕すらあった。なびきは鴨の脂に火が点いていたのを串ごと振り回して消した。踊っているような面白い動きになったが料理人がそうそう、客に出す料理に息を吹きかけてはいけない。消し終えて、おしずを問い詰めた。

「ど、どうするんですか、また来たら。番所に行って――」

「元亭主に命を狙われてるッて？〝早くよりを戻して家に帰れ〟ッて言われるのがオチでしょ。ソレよりコレだよ」

と、おしずは階段で店の二階に上がった。上はなびきと久蔵が寝起きする部屋だが――彼女が持ってきたのは、縦に長い虚無僧の編笠。天蓋と言うらしい。

「しばらく行き帰り、コレで顔隠すよ」

おしずはすっぽりと天蓋をかぶった。――女虚無僧。そう、出会ったときの彼女はそうだった。尺八も吹ける。「飯屋の仕事にはいらない」とずっと二階の物置にしまったままだった――

虚無僧も僧というからには寺に届けなど必要ではないのか？　これは見るからに世を儚んでいる風情だが「亭主を捨てて寺に駆け込んで尼になった」のには数えられないのか？その辺どうなっているのか全く不明だが、格好だけはそれらしかった。

「……なぜうちに虚無僧の笠などあるのか、誰の忘れ物かと思っておったが……」

久蔵が絶句しているのがいたたまれず、なびきは次の鴨串を炙ることにした。説明はおしずがしてくれ。

「アタシ、世を憂えてるから」

「まあ、亭主や元亭主はこんな女にかかずらうべきではなく、吉原には花霞以外にもいい女がおるわな。そのなりを見たら刺客も恐れをなして主を諫めるやもしれん」

「でしょ？」

久蔵は全く褒めていないのでおしずは得意げにしないでほしい。

「じゃがそもそも父御のおる家から出なんだら襲われることもなかろうて」

「元亭主が怖くて家に籠もってるなんてアタシのガラじゃない。命懸けでも女捨ててもココ来るよ。――半病人がかわいそうでもね」

おしずが笑ったような気がした。

「今どきの小娘は何を考えておるか知れん」

「わたしとおしずさんを一緒くたにしないでくださいよ」

なびきはそこだけははっきりしておくべきだと思い、口を挟んだ。

焼いて脂を落とした鴨と筒切りの葱を鰹出汁で煮て、葱が甘く煮えたら醬油と酒と味醂で味付けして、鴨葱汁の完成。やはり鴨には葱の白くて太いのを合わせないと。器によそう際にほんの少し、柚子の汁を搾り入れて柚子の皮を切って載せる。

鴨の脂のいい匂いが人を呼んだのか、今日も客の入りはなかなかだった。

辰は「鯨と決まってる昨日はまだしも、今日もオレの魚を買ってくれない」とぶうぶう文句を言っていたくせに肉をご飯に載せてガツガツかっ込んだ。清兵衛と違って彼は朝に重い天秤棒を担いで走り回ったら食べた分の力を全部使い切ってしまうらしく、やせの大食いで、胃の腑に穴でも開いているようだった。彼の情婦の三毛には、特別にただ炙っただけの鴨の身を。三毛もゴロゴロのどを鳴らしながら稀なる肉にむしゃぶりついていた。

辰は残しておいた肉の脂身だけ噛み締めてうっとりともしていた。

「やっぱ肉食うとこう、腹が落ち着く。じいさん、荒太にだけ鴨肉焼いて食わせてたらしいじゃねえか。じいさんはあいつに甘いぜ」

「耳聡いな。あのときは鴨が全然飛んでおらんかった」

辰に恨みがましく言われて、久蔵は雑にごまかした。

あのときの荒太は病人を抱えて水臭くも誰にも相談せず一人で泣いたりしていたので、なびきも〝神さま〟のお告げに従って子供向けの甘い卵酒で慰めてやったりした。あの甘い卵酒はなびきの得意料理の一つになって、その後も近所の子供が生卵を持ってきたらたびたび作ってやる――

なびきは思い出して少し引っかかるものがあった。

だが、何、とはっきり言えるものではなかった。

「うちは近頃繁盛しているんじゃからたまには独り身の甲斐性なしどもに肉を食わせてや

らんとな。これも来世の功徳のためじゃ」

久蔵は使い慣れない言葉を使った。

できた料理をひたすらよそって客にふるまう段になって、

「さて、わしは風呂屋にでも行ってくる」

久蔵は頭に巻いた手拭いを取ると、帳場に置いた。

「後は任せた。なびき、おしずと二人、しっかりやれよ」

彼は手を振って店を出ていき、往来に消えていった。

それきり戻らなかった。

4

幸い、煮染めの作り置きが山ほどあるので干物でも炙れば夜に酔客の相手をする分には全く困らなかった。年末年始には煮染めがつきものだとはいえ、やたらとたくさん作るものだと思っていたが、そういう計算だったのだ。

今日の煮売り屋〝なびき〟に酔客が来たとして、気持ちよく酔えるとはとても思えないが。小さな店の中に五人、久蔵一人いなくなって広くなりそうなものなのに狭苦しさが増していた。日暮れどきなのに灯りを点けるのを忘れていたのもあるだろう。

「久蔵じいさん、風呂屋の帰り道がわからなくなるほど耄碌してないはずだけど。昨日は矍鑠としていたね？」

おくまは無口な夫まで連れてきて床几に座り、我がことのようにやきもきしていた。辰はもう何度もあちこちの番所を駆けずり回ってはここに戻って番茶を飲んで煮染めをつまんでいた。

「年寄り、子供に限らず、明るいうちから堀に落ちた間抜けはいねえって話だぜ。風呂屋でのぼせて倒れたじいさんもだ」

「大して銭も持ってないし。久蔵じいさん、この辺以外にトモダチいるの？」

いるとも、いないとも言える。

普段は昼に来る道維も手にかけた数珠を擦り合わせるようにジャラジャラ鳴らして般若心経を唱えていたが、もう死んだみたいなのでやめてほしい。

「……まさか是衛門がアタシに敵わないモンだから、八つ当たりでじいさんの方に襲いかかったンじゃ。昨日説教されたのを逆恨みして」

おしずが青ざめるのが気の毒ですらあった。それは見当違いも甚だしい。

なびき本人はといえばひどく落ち着いていた。来るべきときが来たとだけ――

これを落ち着いていると言うのだろうか。薄情者だから何とも思わないのかもしれない。両手の先が冷たくて、お腹が空かない。

やがて裏長屋の大家をやっているご隠居が来た。彼も心当たりの場所を覗いてからやって来たようで、息を切らしている。

ご隠居は六十の久蔵より更に十歳上で、もう髷は真っ白いが矢鱈縞の着流しは洗いざらしておらずきっちりしている。顔つきも穏やかで、若い頃は寺子屋の師匠だったらしい。この辺で一番まともな大人だ。よたよたと杖をついて歩き、床几に腰かけた。

「いやあ、たまげましたね。あたしの思い当たるとこは一通り回ったんですが」

「お疲れさまです。燗をつけますか？」

なびきが尋ねるとご隠居は手を振った。

「いやあなびきちゃん、燗酒なんて言ってる場合じゃないでしょう。もう夜ですよ、あなた。雪でも降ってどこぞで凍えでもしたら――」

「ごめんなさい、皆さんに心配をかけて」

なびきは頭を下げた。

「でも、多分おじいちゃんは転んで頭を打って帰れなくなったりしたんじゃないと思うんですよ」

「と言うと？」

「覚悟の家出なんじゃないかと――それを今から確かめます。皆の前で」

なびきは言って、神棚を振り返った。

昨日煤払いして汚れを削り落としまでしたのでピカピカの白木のようになっている。金具の錆びているのまではどうしようもないが。

なびきは二回、柏手を打って頭を下げた。

それからおしずに言う。

「おしずさん、神棚を開けてください」

「エ」

「わたしじゃ背が届かないから。昨日入れた起請文を出してください、二通とも」

実のところ、ご隠居が来てくれるのを待っていた。証人は一人でも多い方がいいから。

神棚の下に床几を動かすと、おしずは神棚の戸を開けて三つ折りにした紙を引っ張り出した。

床几を降りて皆の前で一つずつ開く――

最初に開いたのはなびきの起請文だった。朱で手形を捺した上に祈りの文言と、〝ご飯の神さま〟に一年お供えを続けることを誓う旨を記してある。

――裏にお願いごとを書いていいのだが、もう書くのをやめた。こうなるとやめておいてよかった。

さてもう一つは久蔵のだ。

起請文を開けた、当のおしずが言葉にならない大声を上げ、床几の上に広げた。皆も腰を浮かせ、額を寄せて見る。

久蔵のは起請文ではなかった。朱で丸を書いて塗り潰しているだけで手形が捺されていない。

神に祈る文言もなく、裏から見てそれらしいように出鱈目に波線を引いてあるだけ。

真ん中に、

〝なびきをよろしくお願いします〟

と書いてある。読める字はそこだけだった。

〝神さま〟に宛てたものとも人に宛てたものともつかない。

なびきの予測は当たった。

「やっぱり、おじいちゃんは店を辞めて出ていってしまったんです。自分からいなくなった。凍えるようなところにはいないし悪漢に襲われたのでもないから、皆が心配するようなことは何もないですよ。もしかしたら上方の妹さんの家に行くために今頃、東海道の宿場か船の上かもしれません。この辺を捜したって見つからないのは当たり前です。どうも、お騒がせしました」

なびきは早口で言って、また頭を下げた。

――いなくなって悲しいとは思うべきなのだろうが。手先の冷たいのが治らない。両手を擦り合わせているのだが、寒いのとは違うようだ。

今朝の夢が何かもわかった。

この店の主が久蔵からなびきに代わった合図だったのだ――

「この店を始めた初代の〝カンさん〟も、おじいちゃんに任せたらふらっといなくなって戻らなかったらしいです」

「そんな猫じゃあるめえし、死期悟ったら消える掟になってんのかよ」

辰が言って、即座におしずに頭をはたかれた。

「死期なんて縁起でもない。店を辞めたッて仕事しないで裏の長屋でアタシたちが働くの眺めて茶でも飲んでりゃいいだけじゃないのかい、出ていかなくたって」

「普通の店ならそうなんでしょうけど、〝神さまの供え番〟は二人いちゃ駄目なんですよ」

「は？」

おしずに理解してもらえそうな気はしなかったが、なびきは今なら昼のもやもやがはっきり言葉にできそうだった。

「今までわたしは子供だったから一人前じゃないと〝神さま〟がお目こぼししてくれてたけど、秋におじいちゃんが旅に出て、その間にわたしに半分だけ代替わりしていた。そこにまた〝供え番〟のおじいちゃんが帰ってきて、〝神さま〟が調子を崩した」

久蔵は秋に、誕生日を富士山で迎えたいと言って長い旅に出ていた。半月ほど長引いたので、そのまま帰らないのではないかとなびきは思い悩んだ。

やはりあのとき、久蔵は帰らないつもりが少しはあったのだろう。

気紛れで帰ってきたが、〝神さま〟は甘くなかった――

「おじいちゃんが荒太さんに鴨を焼いた日、わたしは〝お告げ〟で卵酒を作りましたけど――おじいちゃんの鴨も〝お告げ〟だったんじゃないかって」

「〝お告げ〟？」

おしずの目が厳しくなる。そうなるのはわかっていたが、仕方がない。

――皆にはふるまわない鴨料理をわざわざ一人分だけ、なんて不自然極まりなかったのに、なぜあのとき気づかなかったのか。

「おじいちゃんとわたしで違う〝お告げ〟が下るようになった。それじゃ〝神さま〟のご利益を余分に使って減る一方で、飢饉に備えて神通力を貯めるどころじゃない。きっと初代の〝カンさん〟が姿を消したのも似たような事情があったんです——」

なびきがいつの間にか、教わってもないのに子供向けの甘い卵酒を作るようになったのを、久蔵はどう思っていただろうか。

二人がかりで道維に飯をふるまったら無一文になる、とは銭金ではなく〝神さま〟のご利益の話——

高野山金剛峯寺では今も奥の院にお籠もりの弘法大師のために三度の食事を仕度しているという。そのお相伴に与ってもなおこの店の福徳まで平らげて食い潰しそうだとは、久蔵には道維が何に見えていたのか。

彼がいてもいなくても、代替わりのやり直しは煤払いの日にしかできない。久蔵はもう一年は待てなかった。それだけだ。

おしずは予想通り、白けた顔をしていた。

「……その〝神さまのお告げ〟ッて、夢なンだよね？」

その声は低かった。彼女は一度大きく息を吸ってから、

「バァーッカじゃないの⁉」

容赦なく言い放った。

——覚悟はしていたが、耳が痛い。声が大きいからだけではなく。

「夢のお告げで上方に⁉　意味わかんねえよ神憑りジジイ！　アンタもアンタだよ何納得してンだよ！」

喚き立ててから、おしずはくるりとご隠居に向き直った。一転、声も小さくなる。

「ご隠居さん。なびきさんはこんなこと言ってるけど、明日も心当たりやら番所やら巡ってじいさん捜して。魚屋も」

「あ、はあ。まあ」

ご隠居は目をぱちくりさせて曖昧にうなずき、恐らくどっちの味方をしたものか戸惑っていた。

「……おしずよぉ。じいさんが迷信深い神憑りなのは昔からで、思い込んで上方まで行っちまったってのもありえなくはねえぜ。なびきに当たるなよ。銭持たずにどうやって上方行くのか知らねえけどよ」

辰はぼそぼそ言った。彼はなびきの味方のようだ。おしずの怒りようが凄まじいので釣り合いを取っているつもりなのだろうが。

「久蔵じいさんの頑固なのにも困ったもんだね、大火でも逃げないような人だから……」

おくまは恐らく、冗談めかそうとして失敗した。

「転んで堀に落ちたんじゃないんならいいってことにしよう。命あっての物種だよ。本当、猫の死に際じゃないんだからもうちょっと何か気の利いた置き土産の一つもないのかね。

しょうのないじいさんだ。あたしらの知らない友達の家にでも隠れてるのかね。水臭い」

「納得いかないよあのクソジジイ！」

おくまは店の中の空気を入れ換えようとしたが、おしずがまた元に戻してしまう。いやそれ以上に喚き立て、壁を蹴った。

「清兵衛が半病人でかわいそうだから嫁になってやってこの店辞めるのかッて、テメエの都合でアタシを試したのかよ！　テメエが辞めてアタシも辞めたら困るッて話⁉　なびきさんがかわいそうだから⁉　クソジジイ！　こうなったら意地でも是衛門から三行半むしり取って清兵衛の嫁になってやる！」

彼女は怒りのあまり発想が飛躍した。辰が呆れた声を上げる。

「……おしずお前、男を何だと思ってんだ？　何でよりにもよってじいさんにあてつけんだよ」

「うるさい、ドイツもコイツも女をバカにしやがって！」

今度こそ全く何の非もない辰のほおをつねり上げて、おしずはどすどすと大股に店を出ていこうとして——

「おしずちゃん、外は暗いよ。もう遅い——」

ご隠居がその背に声をかけた。そのとき丁度。

鐘が鳴った。夜四ツ。短い捨て鐘の後に、足下から頭のてっぺんまで響かすような重い音。

本石町、寛永寺、市ヶ谷八幡——江戸の真ん中から外周に向かって小さくなるいくつもの鐘の音が店を取り巻き、否応なしに現実を叩きつけた。

「……木戸、閉まっちゃいましたね」

事実を言っただけだがなびきはなぜか少し顔が笑った。

町々を区切る木戸は夜四ツで閉まり、朝まで人の往来を許さない。江戸中、そう決まっている。三河町に住むおしずは紺屋町から出られなくなった。夜でも木戸を通れるのは産婆と医者だけだが、父親はおしずを連れて帰るためだけに駆けつけたりしないだろう。

「オレも帰りそびれた」

辰は日本橋の魚河岸の近くの魚屋ばかりの長屋に住んでいる。

「辰の字、うちの長屋に泊まっていきな。せがれが帰ってきたようなもんだ」

おくまは辰の肩を叩いた。おくまの三人の息子は皆、住み込みで職人の弟子をしていた。

「よそんちの布団、小さくて足がはみ出す……」

辰は嬉しそうではなかった。

「あんた、そんな取り柄があったんだねえ」

「御坊はうちに、おしずちゃんはここにお泊まりなさいよ。なびきちゃんも娘一人じゃ心細いでしょう。丁度久蔵さんの布団が空いた。二人して鼠に引かれないように、肩を寄せ合って寝なさい」

ご隠居がいいことを思いついたように言った。——鼠に引かれないように、とは変な言葉だ。鼠が小さな赤ん坊をかじったら大変だが、なびきはもうそんな大きさではない。

そういえばあの夢には鼠もいた。

辰になびきの起請文を神棚に戻してもらい、皆で煮染めをつまんでお腹を膨らませると、店の雨戸を閉めて散会することになった。なびきには雨戸が大きくて重いが全く動かせないわけでもない。慣れていくしかないのだ。

ご隠居の言う通り、外は小雪がちらついていた。空は曇って月も見えない。この夜を屋根のないところで過ごすのは無理だろう。

雨戸を閉めてしまうと小さな煮売り屋は一層狭苦しい。おくまとその夫、辰、道維、ご隠居がいなくなってがらんとしているはずなのに、昨日の煤払いで蜘蛛の巣なども取りのけてしまったのに、静謐がかえって神棚の存在感を増す。

神棚は小窓に過ぎない。

この店そのものが〝神さま〟の腹の中、民への恵みを生み出すはらわた。

なびきはその心臓。

やることとは変わらない、これまでと何も。

「アタシは絶対認めないから」

ただ一人、雨戸を閉めるのも手伝わなかったおしずという異物が残った。腹中虫？

店が〝神さま〟の腹の中なら二階は背中なのだろうか。なびきと久蔵で布団を敷いて寝て起きるだけの部屋がある。一応、衣桁と、なびきが身なりを整えるためにお古の鏡台もある。

流石のおしずも冬の夜に布団なしで過ごすことはできず久蔵の布団を使うことになったが、枕だけは他人のを使うのは気色悪いと言い切って、座布団の折ったのに頭を預けて横を向いて寝ていた。ご丁寧になびきに背を向けて。それで眠れるのだろうか。怒っていては寝つけないのでは。

余計な心配をしているとなびきは久しぶりに夢のない眠りに落ちた。

夢のない眠りは闇（やみ）に似ていた。足の先から頭のてっぺんまで闇に浸っているような。灰が脂汚れを溶かすように、闇に濁った気持ちが溶け出すような眠りだった。

5

朝方に何かの気配で目覚めた。

隣を見ると、布団が空だ。

薄っぺらい布団でも出たらしみじみ冷え込んだが、階段を降りるとおしずがいた——例の編笠をかぶった異様な人影として。まだ朝日は昇ってはいないようだ。外の光が淡く差し込んでいるのは、雨戸が一枚ずれていたからだ。

「な、何してるんですかおしずさん」

何から何までただごとではなく、なびきは少し笑ってしまった。虚無僧の編笠をかぶっていたら美少女もへったくれもない。心当たりがなければ悪夢そのものだ。

「さっきまでここに泥棒がいたんで脅かしてやった」

おしずが軽く言い放った。

「それはさぞ驚いたでしょうねえ。うちに盗むものなんかないのに」

なびきは素直にうなずいた。売上はいちいち銭箱から出して、布団の中に隠したり枕の下に敷いたりしている。

——泥棒はほっかむりをかぶっていたのかしら。女の虚無僧に脅かされて肝を冷やしただろう。

おしずは帳場を指さした。まだ店を開けていないので銭箱を置いていない。置いてあるのは神棚から出した犬のおもちゃだけ。

「その犬、持っていこうとしたよ」

「ええ？　こんなのをわざわざ泥棒が？」

なびきは疑ってしまった。

なびきが四歳で大火に巻き込まれ、家族とはぐれたときに持っていたものだ。木彫りで犬の耳と背中が黒く塗られていて首に赤い布が巻いてあり、腹に〝なびき〟と名前が書いてある。何をどうしたのか尻尾は一度欠けて膠（にかわ）で新しいのをつけたらしい。尾だけ木の色が白っぽい。

多分、父親が彫ったもの。

親のことはもう憶えていないが、この犬は握り締めて寝ていたこともある。

「こんなのほしがるの、子供だけでしょう。——あげてしまってもよかったのに」

ぽろっとなびきがこぼすと、神棚に入れて拝んでたンでしょ」

「いいワケないでしょ、神棚に入れて拝んでたンでしょ」

「いいんですよ。諦めがつくし」

「アタシはなびきさんのそういうトコがよくないと思う！　ハイそうですかと呑み込んだフリするのやめなよ」

おしずが声高に噛みついてきた。なびきはむっとした。

「別にはいそうですかとあっさり諦めたんじゃないです。散々今までみっともないほどこだわってたのをおしずさんが知らないだけです」

——神頼みもしてはぐれた家族を十年捜し続けたが、もう顔も憶えていないのに、無理だと思った。泣きもした。その経緯はおしずに語っていないし、ここで改めて説明したくもなかった。

「じゃコレからもこだわり続ければいいじゃん。何でみっともないなンて言うの？」

「みっともないからですよ。疲れるから嫌になったんですよ。おしずさんに関係ないでしょう」

「じいさん捜すのも疲れるから嫌なの⁉」

「今そんな話してないでしょう！」

なびきはかっとなった。おしずに向こうずねを蹴られた気がした。

「わたしが薄情者だって言いたいんですか！」

「そうだよ、薄情な孫と薄情なじいさん！　家族より神さまが大事なイカレども！　何でそんな連中にアタシの嫁入り話にまで口出しされなきゃいけないンだ！」

「嫁入りはおじいちゃんが言ったんです！　わたしはおしずさんが誰に嫁いで店を辞めようとかまいませんよ縁談でも何でも勝手にしてください！」

売り言葉に買い言葉でどんどん話が逸れていくのがわかるが、止まらない。

「わたしだっておじいちゃんに文句はあるけど、いないところで言ったって無駄じゃないですか！」

「ムダじゃない！　文句を言え！　あのじいさんを甘やかすな！」

「ここで文句言ってたらおじいちゃんが帰ってくるわけじゃないでしょう！　駄々こねて泣いて往来を転がる子供みたいな真似したって仕方ないです」

「その大人しいのがダメなンだよ！　諦めンな！　ナメられる！」

おしずは自分が地団駄を踏んだ。

「やったことないンなら、今が往来転がるときだ！　お行儀よくハイハイうなずいてても誰も立ち止まっちゃくれない！」

「意味がわからない！」

「わかるだろ！　わかれ！　泣いて喚くのも女の武器だ！　何でもしろ！」

夜明け前から小娘二人でギャンギャン喚いているせいで、隣のおときが雨戸の隙間から怒鳴り込んできた。

「あんたたち朝から何だい、騒々しい！　夜のうるさいのはまだわかるがわざわざ寝てる人を起こすやつがあるかい！」

十割、彼女が正しい。だが。

「うるさいなあ！　大事な話してるのに！」

なびきもおしずも全く同時にはねつけた。

外は雪が積もっていて、野犬が朝からはしゃいだ声を上げていた。

6

大仕事を一つ終えて、真蛇にはしばらく、真面目に働く気などなかった。彼は金があれば全て解決すると思っていた。

だが日本橋でも端の方の掃きだめ、願人坊主だらけの橋本町の長屋も木賃宿も、隙間風がひどい。願人坊主は坊主とは名ばかりの食い詰めたしょうもない芸人連中で夜遅くまでいつまでも馬鹿みたいに騒いでいて、朝の早い真蛇にはうるさい。

耳に布を詰めて布団をかぶってごろ寝して、崩した豆腐と粥の混ぜたのをすすっていると、「暇なんだろう」と次々人が訪ねてきて仕事に誘われる。

仕事といっても博打、恐喝、借金を取り立てる方——の頭数を増やす役。彼は人を脅かす場によく呼ばれる。

悪いので泥棒の見張り役——

うっかり彼は悪党に名が知られていた。

十年も前の大火傷の痕が顔に残っていて髷が結えない、片目が開かない、鼻が半分ない、口が閉まらない。

顔の左側は鼻と唇が半分なくて鼻の穴と揃っていない歯が剝き出しで、子供に泣かれる。大人に眉をひそめられる。笠や面で顔を隠さないと人前に出られない。

口が閉まらないと歯が食い縛れない。豆腐と粥より固い食べものは嚙み締められない。力仕事はできない。笑顔を作れない分、言葉や動作でおどけて人に媚びへつらい、愛想を振りまく必要があった。相手が誰でも。性根がねじれているなりに愛嬌がなければならない。

いいやつより悪いやつに媚びた方がいじめられない。

ちょっと誰かの機嫌を損ねれば大川の土左衛門にされる。

前の仕事で稼ぎすぎた。

十七の身空で大金を持っていると知られれば、絞め殺されて上前をはねられる。目黒不動の当たり富くじの四分の一、六十七両はこの界隈では殺されて奪われても仕方のない額だった。

彼のようなものが辻斬りに遭っても弔ってもらえるかどうかも怪しい。

ということで彼は金子のほとんどを人が見ない地蔵堂の裏に埋めて隠して、いつも通り

「金がないと喚いて走り回る小僧」のふりをしなければならなかった。

適当に忙しいふりをせねばならない。長屋で朝寝は駄目だ。しかし紙屑拾い(かみくずひろい)のような手間ばかりの仕事も勘弁だ。

だからといって暇潰しを自分で考えても、どうもうまくいかなかった。何かがおかしい。

彼はこれまで忙しすぎて、ここに来て自分で暇を潰す方法を知らないことに気づいた。かまけるような女もいないし何と言ってしたいこともない。江戸を出ても金があるのがばれたら殺されるのは同じ。

調子が狂う。

――とりあえず、朝風呂に入ってもう少しまともな今日の暇潰しを考えようと思ったら、陰間(かげま)上がりの口入れ屋に声をかけられた。

「あんたを待ってたんだよ。好きそうな話だから」

にやにや笑ってそんな風に言ったが、真蛇を何だと思っているのか――

真蛇は風呂屋では正体を隠せない。なので人の少ない早朝に行く。この顔はどんな彫物より目立つのでどこでもいいわけではない。朝の風呂屋は長く寝ていられない年寄りと一仕事終えた後の隠し女郎ばかり。その中でも取り分け繁盛しておらず、「話のわかる」同心や小者しか立ち寄らない店。

ということで口入れ屋は真蛇に用があると馴染みの風呂屋に来る。

わざわざ人が待っていると聞いて、風呂に入らないまま二階に上がってみた。面だけ取って。

昼間ならそこは畳敷きで一風呂浴びた後の客が身体を冷ましながら菓子を食って碁や将棋を指し、夜はとんでもない歳の隠し女郎が客を漁りに来る。

朝にいるのは、何十年も前に番頭にいじめられた話を毎日繰り返している禿げた年寄りと、壁にもたれてこっくりこっくり船を漕ぐ白髪の年寄り。どうやら白髪の方は家では全然眠れないが、一風呂浴びて禿げの繰り言を聞いていると安眠できて、禿げの方は店中に響き渡るような大声で喋っているが、話しかける相手は白髪一人だけで真蛇に興味がない。二人とも実に幸せそうだが全く羨ましくない。

真蛇の相手は年寄りどもから離れた一番奥で、襦袢一枚で一人で囲碁盤の前に座っていた。見た顔だ。真蛇はその向かいに座った。

「――紺屋町の煮売り屋で見かけたな、旦那。煤払いの日に元女房が元亭主を締め上げて」

真蛇が話しかけても男は返事もしなかった。

歳を食っているだけでぼうっとした男だった。目がどこを見ているかわからない。悪党ではない。悪党というのは覇気があるものだ。

「人喰いの蛇と聞いたが、小僧ではないか」

男はぼそりとそうつぶやいた。

「そりゃ逆だ。こんな顔で生きてくには餓鬼でも人を喰らって血をすするようになる。殺しよりも騙くらかす方が得意だがね。蛇の知恵は左右が逆さだよ。総身に知恵が回りかねる大男がご所望だったかい」

真蛇は勝手に黒石を置いた。男は白石を置いた。

「病や傷で身体が動かぬ者は見慣れているが——左右が逆さの蛇の知恵とやら、聞きたい」

「何がいい、旦那の望みは。あんたそんななりだが堅気だろ。お互い符丁は通じねえんだ。回りくどいたとえ話はナシにしようぜ」

「——望み」

「こんなとこで傷だらけの餓鬼に何を相談しようってんだい。手ぶらで帰るの馬鹿らしいだろ。わかりやすく言ってくれよ」

「なに——」

交互に石を置いていたが、白石が止まった。

「——弟を破滅させたい」

思いがけず、搾(しぼ)り出すような声が聞こえた。

「わしは兄じゃ、武家の惣領じゃ。だのになぜあればかり幸せそうに。先に産まれたわしの方が恵まれているべきであろうが、なぜこうなった。世の中がおかしいではないか」

ぼうっとした男が目に光を宿し、唇を震わせていた。

「死ねとは思わぬ——いや、死ぬよりつらい目に遭わせてやりたい。生きながらに苦しめたい。命があるまま全てを奪って追い詰めてやりたい。金子でも勤めでも身分でも家族でも、何でもよい。損なえばよい。真っ当な理由などない。蛇はどう思う。どんな手段がある」

男はまくし立てた後で、バチンと重い音を立てて白石を碁盤に叩きつけた。

きっと自分でもそんなことを口に出したのは初めてだったのだろう。息が荒い。自分の言葉に驚いている。男は自分の口を手で塞ぎ、鼻で息をしていた。

「──そいつぁ気の毒になあ。おいらもきょうだいは苦手でよ。あっちには傷がないと思うだけでぶん殴ってやりてえよ。だが同胞殺すのは後生が悪い。生かさず殺さず追い回して搦め手から締め上げてじわじわ毒喰らわすのは仔蛇の大得意だ。とっくり考えようじゃねえか」

真蛇は笑いが洩れそうなのをぐっと堪えた。

癪ではあるが、元陰間の見立ては正しかった。理由はないが幸せそうにしているきょうだいが憎い、結構なことだ。

渡りに船でもある。派手な悪事の手伝いはしたくない。忙しそうに走り回って「働いているふり」をしたい。

相手が死なない程度の仕返し、嫌がらせとは実にうまい仕事だ。実際に得意だ。

「大変だったなあ、旦那。仕返し、八つ当たり、仇討ちは人が生きる糧、米の飯では満ちねえ腹を満たすものだ。引け目感じるこたねえ。必要だからほしいんだ、何が悪い。仕返しと八つ当たりの両輪回して前に進むの、人には大事だぜ」

真蛇は甘い言葉でかき口説いてみせた。

この男の人柄に惚れ込んで尽くしているから他の仕事ができない、という口実ができる。ふた月ほど稼げれば重畳だ。中身が空っぽなのは丁度いい。自分だけにわかる器量がある立派なお武家さまだ、と口先でごまかせる。

「蛇の道は蛇、何でもありの真蛇さまは一発逆転のイカサマの種売るぜ。世の中を正しく回すためだ」

真蛇は碁石を置きながら、今、既に左右が逆のイカサマの種を蒔(ま)いている――これから真蛇が持ち出す金子は前の仕事で稼いだものではなく、この男からたかったものだ。

真蛇が羽振りよく暮らせるのは見た目より金持ちなこの男を金蔓(かねづる)にしているおかげで、たかるべき相手は真蛇ではなくこの男。皆にそう思わせて盾にすれば安全に金を使えても う少し造りのいい長屋に移り、もっと綿の入った布団を買える。

得になるとなれば身の上話もじっくり聞くし、「そりゃひどい」「気の毒に」と同情たっぷりに相槌(あいづち)も打ってやる。

真蛇は人相が悪くて得をしていることが一つだけある。彼を恐れて近づかない者もいるのにわざわざ声をかけてくる人間は、「こんなやつならかまってくれるだろう」「少し優しくしてやれば絆せるだろう」と性根が甘えている。目鼻が揃っていて口が閉まる自分の方が偉くて真蛇が敬ってくれるものと思い込んで、裏切るかもしれないなどと考えない。侮られるのが真蛇の才だった。ましてやこの男は元武家、町人はかしずくものだと思い込んでいて隙だらけだ。

身上を聞いているうち、黒石、白石、ある程度の数が並んで盤面がそれらしくなってきた。勝つ必要はないがあんまりつまらない負け方はしたくない。

「左右が逆さ、とはどういうことだ」

「鼠は米や経典を喰うから悪いやつだが、米や経典があるようなとこは羽振りがいいから縁起がよくって神さまの使いの扱いもされる。蛇も鼠を喰うからありがたがられるが、人間さまに咬みついたらこん畜生め、と。どんな話にも左と右があって何かの弾みで逆さまになるのさ。表と裏、上と下でもいいが」

「左と右は鏡に映せば変わる」

「そういうことだ」

「学があるな」

「こんなツラの餓鬼、寺でしか生きてけないだろうってよくブチ込まれたがそのたび逃げたからな。習わぬ経だ。この顔で説法できるかよ。ツラのいいやつの方がひでえ目に遭ってたがな。寺は便所臭くていけねえや。——元お武家の旦那よう、嘘のつき方は知ってるか。おいらみてえのが大身旗本の跡取りだの大店の隠居の孫だの公方さまのご落胤だの言っても誰も信じねえ」

「公方さまのご落胤は信じるのではないか。信じられて天下泰平のために密かに成敗されるのではないか」

男が反論した。——家斉公の子は五十人もいたので一人くらい行方知れずになって火傷を苦にして庶民に身をやつして安長屋に住んでいるかもしれなかった。

「たとえが悪かったな。いやこれでいいのか。つまり人間、〝そんな嘘ついても得がねえ〟と思うと出鱈目でも真に受ける。嘘つくコツはな、誰もほしがらないもんほしがってみせるんだ。旗本の跡取りやら大店の子やらは皆そうなりてえから疑う。今どき公方さまのご落胤はいまいち得しねえ」

「——誰もほしがらないもの——」

「まるで価値のないもんに旦那が価値をつけてみせるんだ。つまりそれらしい芝居の筋書きだよ。おいらみてえな顔のやつが犬猫撫でていいこと言うと、心根は純なのかって案外すっと信じるもんさ。真っ当なお人好しは顔の悪いやつの根性まで悪いと手前が傷つくから、一見筋が通って見えれば馬鹿馬鹿しいほどありえねえことも信じちまうのよ。そういう話は左右を逆さにしやすい」

真蛇は熱っぽく語った。

左目の上まぶたに指をかける。そのまぶたは火傷を負って以来、目玉を覆うただの肉になった。こうして指で引き上げなければ開かず、目やにが溜まって困る。

「おいらのこっちの目は目ん玉はあっても閉じっ放しで浮世のことは何一つ見ねえ蛇の目だ。旦那が大嘘ついてイカサマの種を蒔いて、この蛇の目ぇ開けてまじないをかけると左右が逆さになる。嘘が本当になる。イカサマの種が芽吹いて大輪の花が咲いて実まで生(な)る。新しい種が採れればそりゃ真実だよ」

「——真(まこと)の果実が、生るのか」

「生るさ。——おいらいくつか名前があってよ。使ってない縁起がいいの旦那にやるよ」

今、何の価値もないぼんくら男には真蛇にしかわからない理由で六十七両と二分の値がついていた。

二話　玲瓏豆腐の気遣い

1

結果として半病人はとても役に立った。

師走といえば大晦日、大晦日といえばツケの取り立て——上野やら下野やらから空っ風がピュウピュウ吹き荒れて人肌から水気を奪い、お門違いのところに霜柱を生やす。武家屋敷の松以外の大抵の木から葉が枯れ落ち、渡り鳥が遠くの空に渡り終えて姿を消す。野良猫は暖かいねぐらに引っ込んで、街角にいるのは犬ばかり。

この冬の一番寒い頃合いは商売人の正念場。

それを思い知らせてくれたのは隣の荒物屋のおときだった。

「久蔵じいさんがいなくなったって？　主が給仕娘をいびって追い出すならまだしも、娘が主を追い出すとはねえ。金持ちでもないじいさんをさらう悪党がいるわけもないし、大病の兆しでもあって寺に入ったんじゃないのかい。何にせよ若い娘二人で店の切り盛りなんて無理だろう。店なんか畳んで魚屋の嫁になっちまいなよ。その神棚の話だけどさ。あたしの知り合いに神主がいて、仏像や社から神仏の魂を抜いて片づけてくれるんだと。神さまの店じまいができるらしい。神棚なんかかたしちまって、あんたのやりたいことをやりなよ。若いんだからこんな店に縛られちゃ駄目だよ」

呼びもしないのにやって来て、ずけずけとこんなことを言う。煮売り屋〝なびき〟を立ち退かせて荒物屋を広げるのが彼女の野望だった。

〝知り合いの神主〟なんて信用できたものではない。いかにもおためごかしでなびきを丸め込もうとしている。

「丁度師走だ。あんたみたいな小娘にツケの取り立ては無理だよ」

「ツケの取り立てくらいできらァ」

と即座に言い返したのは、おしずだった――彼女は神棚など片づけてしまえと言うのかと思っていた。

「年の瀬にじいさん出てっちまったのは大変だけど、なびきさんに無理かどうかはわかんないじゃないか。アタシたちでやってやるよ年末年始くらい」

啖呵を切っておときを追い出すと、彼女は今度はなびきに熱弁を振るった。

「じいさんも〝神さまの神棚〟も気に入らないが、あんなヤツに言われたい放題なんてまっぴらだ。やめるならアンタが拝み屋でも何でも探してやめな」

「まあ……やめる気はないですけど。ツケくらい取り立てられなきゃ江戸のどこでも商売なんてできないのはそうです」

ということでいつもより気合いを入れて年末のツケの回収をすることになった。

そのためにおしずは清兵衛を連れてきた。病人に盆も正月もないので、歳末だからと言って医者の仕事は増えたり減ったりしないらしい。

十二月の末日だけでなく、その十日ほど前から夕暮れどきに家々を回って一日の商売を終えた男を待ち伏せし、身ぐるみをかっぱいでもツケを回収する。人情飯屋から人情が消える十日間だ。

隣の長屋の駕籠舁き(かごかき)の二人は夜中まで頑張ることはほとんどない。夕方、疲れたら適当に帰ってくる。なびきとおしずと清兵衛は天水桶(てんすいおけ)の陰に屈(かが)んで身を隠して待ちかまえた。いくら清兵衛が細くても三人は流石(さすが)に狭くてぎゅうぎゅうだった。

それらしき二人組の影が木戸をくぐると、まずなびきがわざとらしく飛び出し、よろめいて長屋の腰高障子(こしだかしょうじ)の前を塞(ふさ)ぎながらしなを作る。

なびきは久蔵が消えたそのときから一計を案じ、口上を考えていた。

「ああっ気持ちのいい江戸っ子のお兄さんたち、どうか助けて。おじいちゃんが急にいなくなっちゃって、お金くらい回収しないとうちにはもう何もないんです！　このままじゃ正月のお餅(もち)も買えるかどうか！　おじいちゃんに搗(つ)いてもらうつもりだったのに！　わたし、この年の瀬にどうすればいいの！」

泣き落としだ。

——実際には、久蔵はそこそこ蓄えを残していったのでツケを回収し損ねてもなびきが飢え死にすることなどないのだが、この手が使えるのは今年だけなので使う。

なびきが涙を拭う身振りつきで大袈裟に語っている間、おしずと清兵衛で木戸への道を塞いで逃がさない――

これは計算外だったが、背後で清兵衛がゴホゴホ咳き込み始めると駕籠舁きの鶴亀は二人で気まずそうに顔を見合わせた。前門のなびきのちびっ子泣き落とし、後門の咳をする半病人。

「ああ、もう、仕方ねえなあ」

鶴三の方が屈した。

「へそくり取ってくるから長屋に入れてくれ。米屋に支払う分だったんだけどなあ」

相棒が落ちたら亀吉も抗えない。

「おれは最初から払うつもりだったぜ？　なびきから踏み倒すわけねえだろ」

見え透いた言いわけをする。――ならそういうことにしておこう。

金子よりも、なびきが女子供であってもツケは絶対に払わせるという鉄の意志を皆に見せつけるための泣き落としである。

桶職人の松次の場合は段取りが変わる。長屋の中で桶を作るばかりの彼はほとんど外に出かけないので、出てきたところ、帰るところを押さえるのはできない。

なので、気配を消して近づいて中の物音を確かめて、いるのがわかってから例の泣き落としの文句を腰高障子の前で言う。

「わたし一人じゃ年が越せない！　助けて、頼りになる大人の人！　松次さーん！」

名指しでも出てこない場合は、おしずと清兵衛で腰高障子を外して戸を開ける。なびきだけではぼろの腰高障子でも内側から押さえられるとそれだけでもうテコでも動かない、障子の紙を破るわけにもいかない、で終わってしまうが、清兵衛は力はなくてもなびきより背が高いので戸を外すくらいならわけはない。

腰高障子を外すと松次が一生懸命小さな衝立に隠れようとして「頭隠して尻隠さず」の言葉通りになっていた。

「何だ、いたんじゃないですか。払ってくださいね」

こうなると大人に恥をかかせてはいけないので、短い言葉で催促してとどめを刺す。

紺屋町とその横の白壁町、長屋を二つ三つ巡って指物屋や物売り、駕籠舁きをとっちめただけで正月の餅と言わず、門松だって武家の門前に置くような立派なのが買えるくらいの銭を回収できた。

「すいません清兵衛さん、お医者さまにつまらないことをさせて」

店に戻るとなびきは清兵衛を小上がりの座敷に座らせ、茶を出した。番茶ではなく玉露だ。

「いや、おじいさんが失踪して大変なときに、これくらいは。おしずさんがお世話になっているのだからわたしにできることは何でも言ってくれたまえ」

清兵衛はにこにこして頼もしい――やせこけて風が吹いても倒れそうな風情でさえなければ。空っ風に当たると咳が出るらしい。

当初は形だけでも男が恫喝しなければ金なんか出してもらえないのではないかと思ったのだが、いろいろと予定外だった。かわいそうだから嫁になってやれと言うならなびきがなってやりたいくらいだった。

こうなれば毎日、竜宮城のようなご馳走でもてなしたいくらいなのに清兵衛は晩飯は茶漬けくらいしか食べないと言う。

ならばせめて茶くらいはとわざわざ玉露を買ってきて淹れ方を勉強した。一回やかんで沸かした湯を少し冷まして——

茶漬けも豪勢にしようと卵を焼いて細く切って錦糸卵にしてご飯に載せてみたり、椎茸の煮たのや蒲鉾を添えてみたり。

「茶漬けなんか食ってっから力出ねえんだよ」

辰は床几で鮪と葱を醤油で煮たものなど食べていた。鮪はとにかく安いので若い男にたくさん食べさせるのにうってつけだが、脂ぎっていて清兵衛には匂いからして無理だそうだ。茶碗によそったご飯の量も辰のは清兵衛の三倍ほどになる。三毛でさえ清兵衛より健啖な勢いで鮪のアラにむしゃぶりついていた。

「辰ちゃん、ツケの回収手伝ってくれたことないじゃないですか」

なびきは少し責めたが、

「魚屋のツケ回収するのに手一杯でよその分の恨みまで買ってらんねえ」

辰は痛くもかゆくもない風情で飯をかっ込んでいる。

「……何だか申しわけない。大変なのに手伝いもしないで」

そして座敷のもう一席では、例によって道維が納豆汁をすすっていた。おかずが納豆汁と漬け物だけなのに、ご飯は辰と同じくらいあった。近頃、なびきは干し椎茸の戻し汁で精進味噌汁を作っていた。食わない男と食う男と。

「お坊さまにツケの取り立てなんかさせたら罰が当たりますよ。道維さんの分は長屋の皆で折半してますしお気になさらず」

ご隠居に布施をとりまとめてもらっている。清兵衛もいくらか出しているらしい。

「それよりアンタいつまでもだらしない頭してるけど寺は決まらないの？」

道維は相変わらず髪を伸ばしたままだったが、おしずにだらしないと言われたくはないのでは。

「それが間が悪く、師走から正月にかけては忙しいので何もかも年明け、松が取れてからになると」

「そりゃそうですよ」

師走の寺が忙しいなんてわざわざ言われるまでもない。

「うちは精進雑煮の仕度します。おしずさん、急かすようなこと言っちゃ駄目ですよ」

「餅搗きくらいは手伝おう。お医者どのは力仕事はあまりしない方がよかろう」

「ええ、適材適所で」

清兵衛は恋仇になりえない僧と魚屋に寛容だった。道維とは武家の長男だったが武家をやめた者同士、気が合うところすらあった。

「医者はツケ回収しなくていいのか？」

「うちはそもそも払えない人からは取らない。高い薬ならそれだけ効く、というわけではないから」

　本人はすまし顔で茶漬けを少しずつ食んでいるが、清兵衛の言葉は重い。——金を払えば治るものなら、彼は茶漬けしか食べられない身体ではないはずだ。

「金持ちにはわざと高い薬を出してそこで稼ぐのがこの商売の肝なのだ」

「それじゃインチキじゃねえか」

「大事なことなのだ。お殿さまに、こんな病は河原の蚯蚓を干したので治ります、と言ったら失礼だから朝鮮人参や舶来の珍品で薬を嵩増しするのだ。あちらは病が治れば何でもいいわけでもない。むしろ町人と同じように安く済ませてはけしからん。お師匠さまがお殿さまのお世話をしていたら弟子のわたしにはご家来の皆さまが細々としたことを相談してくるという仕組みにもなっていて、年相応の肩こりやら胃痛やら、時にはしゃっくりやらに物々しい名の苦い薬を出してさしあげる。しゃっくりなど水を飲んだって治る、それで死ぬなら天命だ、では通らん。高い薬を出すしかないのだ。もらいすぎたと思ったらよそでただで蚯蚓を煎じて、お坊さまに布施をするのが医者の仁慈だ。払えない者から取り立てる必要など全くない」

——なるほど、お医者は大変な仕事だ。下町の煮売り屋は安くて量が多いのがいいと思ってしまうが、そうではないというのは大変勉強になる。

「僧も似たようなことはある。お殿さまの法要をするのは金襴緞子の袈裟をかけた偉い年寄りで、金ぴかの凝った祭壇など作らなければならない」

道維はうなずいたが、

「お上は魚屋は値切るってのに医者や坊主には大金払うってのの納得いかねえなあ」

辰は顔をしかめていた。——江戸城に魚を納める御賄所の役人は、ご公儀の名のもとに初鰹でも鯛でも一番いい魚をものすごい安値で〝接収〟していくので魚河岸で忌み嫌われているそうだ。

「ものの価値のわかるお医者さま、お茶漬けの他に何か食べたいものはないですか？　凝った料理ができるわけではないですが、お茶漬けばかりでは気が引けます」

「ああ、今のこの状況がなびきさんにとってはもう少し見栄を張りたいところなのか」

なびきが言うと、清兵衛はうなずいた。ものわかりがよくて助かる。

「ええと、何がいいか——」

「玲瓏豆腐」

清兵衛の言葉を遮って、床几で面白くもなさそうに読売を読んでいたおしずがぼそっと言った。読売には大きな字で「吉原群雄割拠三国時代到来」なんて書いてあってとても彼女が興味のありそうな話ではない。

「玲瓏豆腐だよ、アンタのおっ母さんの得意で好物でしょ」

「え――ああ――はい。玲瓏豆腐を所望する」

おしずに言われるまま、清兵衛が戸惑いがちに繰り返した。

「わかりました、明日作っておきます」

どうかと思うが、清兵衛がそう言うのならなびきもうなずくしかない。

「甘いのと辛いのとどっちで？」

「甘いの」

これは清兵衛が答えた。

「豆腐なんか食ってっから力出ねえんだよ」

辰はそればかりだ。

煤払(すすはら)いに久蔵が逐電してなびきと大喧嘩(おおげんか)をして以来、おしずはめっきり口数が減った。話をするのはおときに言い返すとき、道維に文句をつけるとき、清兵衛と喋(しゃべ)るとき――いや、清兵衛がおしずの代わりになびきと喋っている。

今や、清兵衛が継母の機嫌を窺(うかが)う子供だった。彼はおしずとなびきの夫婦喧嘩を仲裁するために茶漬けを食って、玲瓏豆腐をねだった。

彼としてはおしずが煮売り屋〝なびき〟を見限って嫁に来てくれれば万々歳だがそこまでおおっぴらに自分の利だけ追求できるほどの悪党ではなく、せめてこの店の商売がそこそこ安定しておしず以外の給仕を雇えるようになるまで見守りたい――どうせ焦ったところで是衛門がおしずを離縁するまで夫婦(めおと)にはなれないのだし、なびきが気まずいことになってほしくはない——そんなところなのだろう。

だがこの清兵衛の善良さ、気遣いは彼の恋を破綻させる失策なのだろうとなびきですら小娘なりに直感していた。

おしずと恋をするには店も前夫もどうでもいいから身一つで二人で逃げよう、くらいの勢いが必要だった。彼は自分の命を人質に取っておしずを脅す男であるべきだった。

色恋の一粒万倍日に相手に見せるべきは他人を気遣う余裕すらないほどの情熱で、親切や良識、美徳の数々はきっと何の足しにもならない。余裕のない男と夫婦になっても幸せにはなれそうもないのに、おしずは余裕がなくて迷惑な男しか好きにならない。何なら頭も悪いくらいでいい。なびきはツケの取り立てを手伝うと言って結局一度も手伝わなかった男を思い出して、そういう結論にたどり着いた。

おしずにお願いされて言うことを聞いてしまう男をおしずは好きにならない——何て厄介な女なんだ。正確には仕組みが逆で「好き」と「大迷惑」を天秤にかけてなお「好き」に傾いてこそ「惚れ込んだ」と言える状況で、「正しくて優しいから好きになってほしい」なんて根性の時点で負け犬だ。

そして既に恋に破れる未来が確定している男は、玲瓏豆腐の一つや二つで心癒されるのか——

作る前からむなしい料理だった。

しかも救いがたいことになびきは、清兵衛を見て「ひとりぼっちのまま、何も期待していない自分の方が少しまし」だと思っている。

2

今日の〝神さま〟は髪を豪奢な兵庫に結って、長い打ち掛けの袖に襷をかけて杵を持って臼の前にいた。時節柄、餅つき。かと思いきや、臼の中には炒り豆。よく搗いて粉にする。——餅なら相方が手を水で濡らしてこねなければならないのだが、炒り豆は粉々になるだけなので相方のすることが少ない。臼から飛び出した豆を拾って戻したり、まだ粒の残っている豆を真ん中に寄せたりする程度。

なびきが豆粒を寄せていると、臼の中から豆たちの嘆きが聞こえる。

「おいらも豆腐になりたかったのに。ピンと角が立ったのになって故郷に錦を飾りたかった」

「豆腐だって大した違いはないさ、潰されて搾られて。気取った豆腐の陰でおからが惨めにしてるのを見ろよ」

「味噌や醤油に比べたらおれたちゃまだ全然ましだよ」

「納豆なんかにならなくてよかったじゃねえか」

「後ふた月こらえれば節分で鬼退治ができた」

どんぐりの背比べなんて言うが、大豆が大豆を羨んだり嘲ったり。いずれ人の口に入るものなのに、そんなに違うだろうか。

「先に収穫された連中、立派な枝豆になったのかなあ――」

喋っているのもかまわず〝神さま〟は容赦なく杵で搗いて粉にしてしまい、豆たちもだんだん口数が減っていった。

玲瓏豆腐は、豆腐を寒天で固めた料理。

豆腐を羊羹くらいの大きさに切って型に入れ、澄んだ寒天液を注いで四角く固める。豆腐を賽の目に切ったりかき崩したりしたものを固めるやり方もあるらしい。

涼しげな見た目、それが十割。物々しい名がついているがそれほど難しい料理ではなく、高価でもない。

味のない寒天で豆腐の味を引き立てて楽しむ、食感とのどごしばかりのところてんみたいな食べ物だ。黒蜜をかけて甘くして食べるか、酢醤油に辛子で辛くして食べるか。

ちょっと小洒落たお茶請け、粋人の酒肴といった風情で、中食や夕食のおかずではない。

きっと清兵衛の母は病弱で食が細い息子のためにいろいろ工夫するうちにこれにたどり着いたのだろう。滋養のある豆腐をお菓子だと言い張って食後にもう一品食べさせる。小豆餡の本物のお菓子は手間がかかるし毎日買うのは高いから、寒天を溶かすだけで中身は豆腐。

材料は高価でなく、工夫で魅せる料理。おしずが言い出したのは癪だが、なびきも安易に使い慣れない高級魚などに手を出したらつまずく。心をこめて何とかなるのはこういうものだ。

なびきは豆腐二丁でこれを作って残った豆腐は常連客用の味噌汁に入れた。これは清兵衛だけのお楽しみ。あるいはおしずと清兵衛のお楽しみ——生臭は使っていないので道維にも出すか。

四角い型で冷やして後は切り分けるだけ。中食が終わる頃にその型を見つけて、おしずが言い出した。

「この玲瓏豆腐、手土産に持ってっていい？」

「手土産ってどこに」

「暮れのご挨拶の進物に丁度いいかなッて。清兵衛と二人も何だしなびきさんも行く？」

「どこにですか」

「吉原」

——おしずと来たら天地をひっくり返すようなことを言うのが得意なのか。〝神さまのお告げ〟もないのに自分のおつむだけでこんなことを考えるのだから、神憑りの飯屋よりよほどどうかしている。

吉原の大門を女は通れない。遊女の逃亡を防ぐためで、女で入れるのは切手を持った出入りの呉服屋や小間物屋、身の回りの品を商う者だけだ。中の遊女に頼まれて外でちょっとした小使いをするのは全て男。

おしずは姉さんかぶりの手拭いを取って垂髪を垂らし、寝押しした灰鼠色の袴を穿いてきりっと背を伸ばすと凛々しい前髪の美少年に見える。兄にでも借りてきたのか、紗綾形模様の小粋な羽織など着ると医者見習いの弟子の出来上がり。女にしては背が高いので男装が板についている。

なびきはおくまの息子の紺の股引と小さな下駄を履いて、やはりおくまの息子の紺の小袖を尻端折りすることに。何をどうしても女髷なのは手拭いで頬被りして隠した。

「大丈夫！　小僧に見える！」

何が嬉しいのかおしずはコロコロ笑った。――脚は隠れているが、なびきは股引を穿くなんて死ぬほど恥ずかしかった。辰はおかしがるかと思っていたが、白けた表情を見るにおしずの傍若無人ぶりに呆れる一方だった。

「女ばっかで吉原なんて正気かよ」

「アンタは連れてかないからね。遊びに行くんじゃないンだ」

「行かねえよ、あんな白粉臭くて金ばっか取られるとこ。息吸うだけでいくら取られるか。男の行くとこじゃねえ」

辰は舌を出しておかしなことを言った。――なら誰が行くのか。

なびきは全然行きたくなかったがおしずと二人きりではあんまり清兵衛が気の毒だった。道維は勿論、誘うわけにいかない。

「これ、女だってばれたらどうなるんでしょう」

「行きは怒られて終わるだけだが、帰りは最悪、そのまま廓で年季奉公の日々かな。きっと手引きしたわたしも半殺しにされる」

「もっと止めましょうよ、清兵衛さん」

「なびきさんは大丈夫だ。どこからどう見てもお使いの小僧さんだ。股引を穿いて吉原を脱走する禿なんかいない」

本当に清兵衛は不憫だった。見た目にはへらへら頼りなく笑っているだけだが、骨の髄までおしずにやられていた。

こんな無茶苦茶な女がそばにいたら花魁でも傾城でも他の恋など目に入るはずがなく、命が短いなら尚更尽くしてしまう。恐らく、無茶苦茶な人に振り回されて「あの人はひどい」と泣きながら死ぬのは楽しい。昔の武将なんかそうだったのだろう。

どうせ短い命ならじわじわと病に寿命を吸われるより、悪い女に尽くして燃えつきた方が何かを成し遂げたつもりになれる。女を二人も連れて吉原に行くなんて一生の思い出になること間違いなし。他の誰もやらない命懸けの悪い遊び。こんなことに慣れてしまったら男ばかりで集まって花魁道中を見るなんて人並みのこと、つまらなくてやっていられない。どうしてこの人はおしずの無茶を止めないのかと思っていたが、いつまで生きていられるかわからない身の上で自暴自棄なのかもしれなかった。見た目より絶望が深い。

――未熟なまま枝豆として茹でられても、納豆になっても大豆は大豆。その本質に何も違いはしないと〝神さま〟はお告げをくださった——いや、大分違う。並みの江戸の娘は吉原大門をくぐって捕まる心配などしない。しないはずなのに。

吉原、正確には新吉原は江戸の北東、浅草の北。元吉原は日本橋だったが明暦大火で燃えてしまって以来、移された。

神田からはまず八つ小路辺りで猪牙舟に乗って神田川を下り、大川へ。なびきは長く神田川の近くに住んであちこちの堀割で小さな猪牙舟を見ていたが、乗るのは生まれて初めてだった。

「浅草は今、師走で坊さんだらけだ。あんまり吉原に自分で歩いていく人はいない。お大尽は駕籠に乗っていく」

清兵衛いわく、そうらしい。

初めての舟はぐらぐら揺れて頼りなかった。小型の猪牙舟は手軽だが、よく沈むという話を聞く。泳げないなびきは必死で船縁にしがみついて大川の濁った水面を見ていた。川面を吹きつける風も冷たく、水に落ちたら凍えて死ぬ。が、年寄りの船頭は暢気に清兵衛に今日は天気がいいだの何だの話しかけながらスイスイと重くもなさそうに櫂を繰っていた。おしずなど寒いのに面白がって水に手を浸けて、花見で舟遊びをしているように浮かれていた。

堀に入ると猪牙舟では進めなくなるので、今戸橋辺りで舟を降りて日本堤を歩く。この辺からもう既に「嫁入り前の娘は口にするのも憚られる悪所」だが、一見すると田んぼのど真ん中の一本道だった。とはいえ田んぼはとっくに稲を刈って丸坊主だ。道の両側に茶屋だの土産物屋だのが並んで不思議だ。季節の花の枝なんか売っている。並みの女は見ることのない光景なのだ。この道のそばで田んぼを耕している人々は何だと思っているだろう。

夕暮れが近く、商人とその付き人なのか四、五人の男が群れ固まって大声で笑いながら歩いているのになびきはびくついた。駕籠舁きが「えっほ、えっほ」と声を上げながら駕籠を舁いて通りすぎていき、その後ろを武家の中間（ちゅうげん）らしい法被（はっぴ）の男が早足で追いかける。とにかく男だらけだ。それも普段昼飯を食わせている下町の男どもと気配が違う。素朴な食い意地ではない何かが漂い出している。

〝見返り柳〟のところで角を曲がればいよいよ吉原大門、悪名高いお歯黒溝（はぐろどぶ）でぐるりと四方を囲んで遊女の逃亡を許さない吉原の唯一の出入り口——というものの思ったほど立派な造りではなく、町木戸に屋根がついている程度。寺の朱塗りの山門や武家屋敷の大きな門構えを想像していたなびきは拍子抜けした。「新吉原」と揮毫（きごう）した大看板がかかっているのかと思っていた。女がこの門をくぐったら十年出られない、「生まれては苦界（くがい）、死しては浄閑寺（じょうかんじ）」なんて言うからにはおどろおどろしい獄卒でもいるのかと。

見張りというほどの見張りもなく、誰もおしずとなびきを見咎（みとが）めない。岡持（おかもち）を持った当たり前の出前の小僧に見えるのか。歩いたら入れた。

格子のうちにずらり並んだ厚化粧の遊女たちを眺める——というわけでもなく、なびきたちは引手茶屋で長火鉢に当たって煎茶を飲んでしばし身体を温め、いつの間にか大籬の曙屋の座敷に上がることになった。

今をときめく花衣花魁を擁する曙屋の座敷となれば、爽やかなお香の匂いが漂い、畳は新しく、金屏風に紫の座布団、螺鈿の脇息、連子窓も真っ黒に塗られてこれは想像通りだった。兵庫に結った髪に簪を差して流行りの緑に輝く笹紅の口紅を塗った黒留袖の美女が二人も待っている、と思ったらそちらは新造で花魁の付き人。

「花魁は今、おいでなんす」

新造は、年かさで帯刀していて上座に座っている清兵衛に塗りの杯で酒を勧めた――清兵衛は引手茶屋でも酒を勧められていて、そんなに飲ませて大丈夫か心配だった。花魁に会うには酒が強くなければならなかった。

金屏風に何羽、雀が描かれているか数えて更に待って、ついに禿を従えた花衣花魁がキュッキュッと衣擦れの音を立ててゆるりとご登場――福寿草と南天が大柄に描かれた打ち掛けをまとい、高々と結った伊達兵庫には玉の簪が何本刺さっているか。鼈甲の櫛は二枚も刺さっている。目もとまで紅を差しているがこれだけ白粉と紅を塗っていたら素顔がどんなかなんてわからないのではないか。

座敷にいい匂いがするのに花魁からもまた甘い匂いがしてくすぐったくて鼻水が出そう――新造と花魁で何が違うの？　打ち掛け？　簪の本数？　圧倒されてなびきは大分前から言葉を失っている。横の禿はなびきより幼く禿髪だが、既に白粉と紅がすごくて人相がわからず、身体の大半が真っ赤な振り袖に埋もれてどこまで身が入っているのか。

「あれ」

一瞬、花衣花魁が紅を差した目でなびきに一瞥をくれたが、すぐに清兵衛の前に座った。

「お初にお目もじしなんす、花衣でありんす。お医者の先生」

声音も蕩けるように甘い。

「いやあ、流石だ。分不相応なところに来てしまった。花魁と同じ空気を吸うだけで残り短い命が延びるようだ」

どうして清兵衛はなびきに話しかけるのと同じように喋れるのか。少し声が高いのはほんのりと浮かれてはいるのか？

「お連れが多いこと。そちら、弟御には見えなんしが」

「イキナリで悪いンだけどさあ！」

ここで初めて、おしずが声を発した。花衣の眉がひくりと上がる。

「三峯屋の是衛門を絆して離縁状書かせてくれない⁉　アタシ是衛門の元女房なんだけどいつまでもグズグズつきまとわれて迷惑してンだよね！　花衣花魁さまの力でアイツを悩殺して！」

おしずは一息に言い切った。

――それがおしずがここに来た真の目的だった。花霞花魁の後釜がこの花衣だった。花魁を捕まえて、亭主と別れてくれと言うならまだしもこっちを別れさせろとはどういう了見か。

花衣が答えるのにしばしの間があった。

「――何とまあ。是衛門さまの女房？」

「元女房！　元！」

「わたしは花魁に失礼をしでかして、ここで廓の者に叩き殺されても致し方ない。どうせご家老さまの宿酔いを治して稼いだ金子だ。吉原のど真ん中でおしずさんと二人、破滅するならそれまで！」

――清兵衛は清兵衛で花魁に出会って浮かれているのではなく、自暴自棄が極まっておかしなことになっていた。思えばこの話は彼に得しかなかった。損なのは巻き込まれてこんなところにいるなびきだけ。

なびきはなぜこの場に新造だの禿だのがいるのか不思議だったが、理由が今、わかった。花魁相手におかしなふるまいに出る人が多いから、彼女らが庇ったり代わりに助けを呼びに行ったりする仕組みなのだ。

「ぬしら、待ちやれ」

その新造が腰を浮かすのを、花衣が止めた。

「女房が間夫を連れて乗り込んでくるとは野暮も極まってわっちの恥。……吉原の歴史も長うありんすが、金子を積んで惚気に来た方は初めてでありんす……妙な噂でも立ったら廓の迷惑、一回だけは許しなんしょ。二度はありんせん。先生は初会のお客、こちらもお勧め、楽しいお話くらいはいたしんす」

花衣は最初は毅然と、途中から額を押さえながら低くつぶやいた。

「廓は金子で何でも買えるところでありんす。先生の揚げ代でわっちが休めるなら得というもの。——二度はありんせん」

彼女がちょいちょいと指で招くと、新造が煙管に煙草を詰めて差し出し、火縄で火を点けた。——ご隠居から聞いた話では花魁は吸いつけた煙草の続きを男の客に吸わせるもの、この場合、清兵衛に勧めるものだが花衣は自分で吸い続けた。

「さて、まあ何と致しましょうか。よりにもよって奥方さまにせっつかれるとは口惜しや。……やはり二人まとめて百叩きにしなんしょか」

煙を吐いて花衣がつぶやき、笑んだ。

「どこの楼にも行灯部屋というのがござんす。おなごはそこに押し込めて腰巻き一枚にひん剝いて荒縄でくくって、水に浸けたり煙で燻したり。身体は売り物でありんすから、縄が食い込むように縛ったり工夫して苦しめるんざんす。——竹の笞でぶつのは、おなごが死んでもいいときだけ」

般若のような笑みに、おしずが焦った声を上げる。

「惨くするほど清兵衛は喜んじまうよ⁉」

「わざわざ吉原に堅気女と心中しに来るとは今年の冬はそれほど冷えなんすか。まあ世の中、広いこと」

「タダでとは言わないから！」

ここでおしずはなびきが持ってきた岡持をずいと差し出した。

「コレ、玲瓏豆腐！　花衣サンの大好物ッていう！　読売に載ってた！」

岡持の蓋（ふた）を開ける――そう続くのか。

「玲瓏豆腐、でありんすか」

だが花衣の顔は曇っていた。

「ここだけの話。〝玲瓏豆腐が好物〟というのは建前でありんす」

「エ？」

「吉原は夢の国で、わっちら、大根やら秋刀魚（さんま）の焼いたのは食べないことになっているのでありんす。鯛（たい）の尾頭付きやら、玲瓏豆腐のような美しいものだけ食べて生きてることになっているのでありんす。玲瓏豆腐は見た目に美しくて字面も綺麗（きれい）で」

「あー……」

おしずは落胆した声音で、男向けの読売に書かれた「体裁」をまんまと真に受けていたのが知れた。

「ジャア本当に好きなものッて何？」

「……安倍川餅（あべかわもち）」

ここまで、なびきはなぜ自分がこんなところにいるのか理解していなかった。股引を穿いてから夢見心地で――どちらかといえば悪夢だが――猪牙舟に乗せられて、ゼンマイを巻いたからくりのように日本堤を歩いてここまでやって来た。

今、急に正気を取り戻した。

「黄粉、あります！」

岡持の隅に黒蜜の壺と一緒に、黄粉の小壺を入れていた。

新造と禿に包丁と皿と匙を持ってきてもらい、玲瓏豆腐を切り分けて皿に盛る。一丁を四等分で、二丁で八切れ。

白くて四角い豆腐を閉じ込めた透き通った美しい寒天菓子。

そこに、壺からドサドサ黄粉を盛って小山にする。花衣が慌てた声を上げる。

「そ、それじゃ玲瓏豆腐の綺麗なのが見えんせん」

「いいんですよ、おいしかったら！」

茶色い黒蜜もたっぷりかける。

「グチャグチャに混ぜてどうぞ、お菓子は食べておいしいのが一番です！」

きっと黄粉も角の立った凛々しい豆腐と再会できて喜んでいるだろう。一緒に口に入るのは晴れがましいのに違いない。

花衣が遠慮がちで手をつけないので、おしずが先に自分の分を匙で滅茶苦茶にかき混ぜて口に運んだ。

「マア、そりゃおいしいよ。コレだけ甘けりゃ。わらび餅みたい」

おしずは気取らない。

おしずと清兵衛が食べるのを毒見のように見届けてから、花衣もおずおずと匙を取った。彼女は一思いにグチャグチャに混ぜるのはそれでも躊躇して、角のところをえぐって口に運んだ。

黄粉で少しむせてから飲み込み、彼女は、はらりと一粒涙をこぼした。花魁の涙は白粉に筋を作り、横の禿がすかさず懐紙で水気を吸い取り、化粧が崩れないように押しとどめた。

「全然安倍川餅じゃない、こんなの」

花衣は言葉では否定したが、不満そうというのではなかった。どこか懐かしそうだ。

花衣は玲瓏豆腐を匙でかき崩し、黄粉と黒蜜を混ぜ込んで二口目、三口目をすする。食べてもらえるのならなびきから言うことはない。相手は花魁で自分は下町の飯屋の娘だが、道維に最初に折敷を出したときと同じ気持ちだった。

――四角四面のまま寒天に閉じ込められて綺麗に見た目を整えられた豆腐の方でも、昔に生き別れた黄粉が迎えに来るのを待っていたのかもね。生まれは同じ大豆でも豆腐が出会うのは味噌か醤油と相場が決まっていて、黄粉と一緒になるのは滅多にないことだから。

なびきも自分の分を食べてみたが、黄粉のせいで見た目はわらび餅なのにとろんとしたわらび粉でも葛粉でもなく、シャキッと固めた寒天だから食感が全然違う。本来、黄粉と出会うことのない豆腐の濃い味わいは炒られた豆の香ばしさで立ち上がっている。

そして細かい理屈なんか吹っ飛ばす黒蜜の甘さ。これはお菓子だからもう一品食べられるでしょう、食べものに興味を持ってと、顔も知らない清兵衛の母が優しく口に押し込んでくる。豆腐なんか醤油をかけて食べた方が早い、道維はいつもそうしている。それをもう一押しする黒蜜の力。

　何とも不思議な晴れの日の食べもので、出鱈目な一行が持ってくるのに相応しかった。

「ああ、致し方ない。後生でありんす。こんな方々がいらしたのではわっちも通す義理もない。皆さまお気の毒に」

　泣いた後に花魁がくすくすと笑った。

「本当ならこんなことは話してはいけないのでありんす」

　さっきからやってはいけないことしかしていない——

「あのねえ、お内儀さま。来るところを間違えてござんす」

「何？」

「是衛門さまはどれくらい吉原にお通いなんした？」

「アタシが知ってる限りでは、三日と置かず」

「そんなにしょっちゅういらしたのでは大店の三峯屋と言えども傾きなんす。——是衛門さまの本命は、浅草田原町と聞いてござんす」

「は？」

　戸惑うおしずに花衣は畳みかけた。

「そちらに〝小花〟という小間物屋があって、その娘が是衛門さまの思い者でありんすよ。もう十年ばかりになるとか。女房をもらう前から長く妾を囲っているなんて人聞きが悪いから、花霞姐さんやわっちを隠れ蓑にしていたんでありんす。廓通いの方が、まだまし。——お内儀さまもわっちもいい面の皮。二人、ともにあの方に弄ばれてござんす。まあ罪深いお方」

　花衣がくつくつと笑うのは、おしずにしてやられた分をここですぐさま仕返してみせた。そういうことだった。おしずは呆然としていた。

「……花霞花魁が身請けされて、仕方なくアタシに鞍替えして取り戻しに来たッて話は？」

「知りんせんが、是衛門さまにはまだ何ぞ不実があるんでござんしょうなあ。まあここまで虚仮にされて吉原でまで仕置きされたのではお気の毒なこと。お医者の先生も高い揚げ代を払ってこれでは甲斐がありんせん。もう一つ手土産を持たせてさしあげなんしょ。——蓼科の甲賀三郎のお話をいたしんす」

「何ッて？」

「わっちが禿の頃、そちらの小僧さんにそっくりな男の子がおりんした。歳は二つか三つ上。その名が〝蓼科の甲賀三郎〟——ここでは本名は使わないものでありんす」

「……なびきさんの兄貴？」

　おしずの声が強張った。

「……なびきさんの兄が吉原に？」

　清兵衛が振り返るので、なびきは答えた。

「兄はいますが、大火ではぐれてから十年も経っていて生きているとも思ってませんでした。おじいちゃんには拾われたんです」

――だから起請文に願いを書くのはやめ、神棚から犬の人形を出したのに、諦めた途端に手がかりが現れた。〝神さま〟はわざとやっているのか？

――あちこちの番所に人捜しの紙を配って回ったが、吉原にいたなんて。確かにここを捜したことは一度もなかったけれど――

あまりに予想外で嬉しいという感じもない。タテシナがどういう意味かもわからない。

――はて。なびきは兄の話をおしずにしたことがあっただろうか？

「廓に男の子って、幇間見習いだったってことですか？」

吉原では男も働いている。幇間、牛太郎、用心棒に女衒――一番てっぺんにいるのが廓を牛耳る楼主。女の街という印象だが采配を振るのは男で、そのおこぼれに与るために男が寄りつく。

が、子供がいきなり楼主に憧れて牛太郎や女衒から始めるとは思いにくい。普通は大人が吉原で身を持ち崩して仕方なしに牛太郎やらで糊口を凌ぐ。幼く綺麗な男の子が売られる先は吉原ではない。

兄が生きていれば今十六、七で、まだ好きこのんで吉原に入り浸るような歳ではない。その点、軽業などは幼い頃から酢を飲ませて身体を柔らかくして仕込むのか？

「幇間の技も教わっていなんした。宙返りやら、身軽で何でもよう憶えなんしたが……お座敷に出るには華がない。楼主さんが縁起を担いで拾ってきたんざんす。この商売は人の恨みを買って血なまぐさいことも多いざんすから、占いや神頼みは大事なんでありんす。結局、楼主さんが気に入るほどには幇間の師匠には好かれんで、出ていきなんした。その後どうしているのかはわっちにもわかりんせんが……もう三、四年前ざんす」

花衣は懐かしげに語った。

「――ということは、タテシナさんの親は」

「ここではお客に聞かれたときしか親の話はしないものでありんす。それも仲間内で一番悲しげで綺麗な話を使い回させてもらうんざんす。本当かどうかなど二の次でありんす。あれは親に金をせびられてはなかったざんすね」

花衣の言葉で、なびきは暗闇に突き落とされたようだった。

――家族は一緒にいた方が幸せ、と考える人はここには相応しくない。

あの、町木戸に屋根が乗っているだけの大門はやっぱり苦界の入り口で、ここで出会う女の人はどんなに綺麗に見えても幽霊のようなものだ。なびきより幼い禿でさえも。

「あれは男じゃから必死に飛んだり跳ねたりしても薄粥一杯もらえるかどうかで禿の目からは不憫に見えたが、男じゃから自分で歩いて出ていったのは憎らしいこと」

花衣は煙管を手にコロコロと笑った。皮肉げでもなく童女のように明るく。

化粧で大人びて見えるが、おしずとそう変わらなかったりするのだろうか。

「ここではのう、己の他は敵ばかりじゃ。おなごでも男でも。おなごはいつ寝首を掻くか知れぬし、男もわっちらを寺に投げ込むまでにいくら搾れるか、金子の話ばかりじゃ。あれだけは違うた。あれに卵を食わせてやると無邪気に喜んで。いつも薄粥と豆腐ばかりじゃから。あれに出ていかれたときは何とのう悲しゅうありんしたえ。置き去りにされたようで――」

「蓼科の甲賀三郎――名前、つけたのは信州出身のヤツ？」

おしずが尋ねた。花衣がうなずく。

「そうそう、楼主さんが信濃のお人で」

「わかるんですか、おしずさん」

「信州のおとぎ話だよ」

おしずはこめかみに指を当て、思い出しながら語る。

「昔々甲賀三郎ッてヤツが春日姫ッて美人の嫁さんもらって、その嫁を横取りしようッて甲賀太郎だか二郎だかの兄貴に蓼科の洞窟に閉じ込められた。出られなくなった甲賀三郎は洞窟の奥に進んで、地の底の妖怪だか女神サマだか謎の美女に出会って、ソッチを嫁にして楽しく暮らす。でもよせばいいのに里心がついて頑張って地面掘って故郷に帰るんだけど、頑張りすぎて地上に出たとき、甲賀三郎の身体はスッカリ大蛇になっていた――」

「浦島太郎みたい」

なびきは思った。

浦島太郎は亀を助けて竜宮城に行って乙姫さまに出会ったのだから少し違うが。楽しく暮らしていたのに家が忘れられなくて、無理をして帰ったのは同じだ。故郷は変わり果てていてもう親兄弟もおらず、乙姫さまにもらった玉手箱で老人になった後、鶴になって飛んでいった——もの悲しい話だ。その後、乙姫さまと結ばれる話もあるそうだが、悲しい方ばかり思い出してしまう。

だがおしずが平然と続けた。

「ソレが甲賀三郎はココから続きがあって、亭主が死んだと思って諏訪湖に身を投げてた春日姫と二人して夫婦で竜神になったり、人に戻って兄貴に捕まってる春日姫を取り返したりするンだ。めでたしめでたしだよ」

「姫とよりを戻すんなら、地の底の女神さまはどうなるんですか」

「お妾の扱い？」

それを聞いてなびきは一気に我に返った。——全然もの悲しくない。何なんだ。独り身で、親のために故郷に帰りたがった浦島太郎が孝行息子だったことがわかった。浦島太郎の方が有名なのはそのせいだろう。

「弟の方が試練に耐えて兄をやっつけるのは神話のようだな。古事記やらだと大体、弟の方が出世して綺麗な嫁をもらう。オオクニヌシ、山幸彦と海幸彦、ヤマトタケル」

清兵衛が頭のよさそうなことを言った。

「吉原の甲賀三郎は全身の関節を自在に外したりできたワケ？」

「それができておれば今も吉原で一番人気の幇間で名を博していたんざんしょ」

「浅草でも両国の見世物小屋でも人気になれそうなモンだね。……華がない、か」

おしずは何やら思うところあるようだった。花衣はくつくつ笑う。

「ほんに今日はおかしな日じゃ。この花衣の前で堅気女にのろける阿呆たわけ、三枚に下ろして犬の餌にでもしてやりたいくらいじゃが、是衛門さまの罪から始まった話ではなあ」

ほんのりと殺気のこもった「阿呆たわけ」の発音が絶妙だったが、花衣は三河の生まれなのだろうか。

「挙げ句、甲賀三郎の弟が豆腐に黄粉をかけて安倍川餅じゃと無理を言う。甲賀三郎は豆腐ばかり食ろうておったからなあ。きっとこれは悪い夢なんじゃわいなあ。わっちにこんな日があろうとはなあ」

「……あの、わたし、妹です」

花衣が機嫌よくしているのに水を差したくはなかったが、なびきにも多少は女の意地があった。

3

なびきが吉原大門から帰るのを誰も見咎めなかった。

もう宵の口で暗いが、出ていく人より入ってくる人の方が多い。駕籠から降りる武士も歩いてきた商人も皆、明るい顔で浮ついた足取りだ。皆が皆、髪結床で整えたばかりで髷や月代が綺麗で、糊の利いた羽織の一張羅に香まで焚いて。

遊女への手土産なのか新年用の七福神の飾りの熊手を持っている人がいるかと思えば、ただの木の枝なんかを得意げに持っている人が——よく見ると蕾が固いままの梅の枝だった。熊手はまだしも梅の枝なんてもう売っているところがあるのか。江戸っ子は初物好きとはいえ。

日本堤を皆と逆の方向に帰るのは行きよりずっと気楽だった。すれ違うなら大声で笑う男たちは怖くはなかった。

猪牙舟に乗ると一気に力が抜けた。揺れるのも大して気にならず、行きと違ってなびきはべたりと船底に座った。

川面からは、日本堤を行く提灯が鬼火のように見えた。

大籬は蠟燭の灯りで遠目にも輝いて星空のようだが、遊郭が灯りをたくさん点けるのは暗闇に紛れて遊女が怠けたり逃げたりしないよう見張るためだ。客のためではない。

江戸中の欲得が小さな光の玉になって吉原大門に吸われていく。金子で買えないもののない町。

花衣花魁の一日はまだ始まったばかりだ。

格子のうちに閉じ込められた遊女は見ていないが、花衣の座敷は連子窓であそこも牢獄だった。

川風が冷たくて鼻水が出る。なびきは洟をすすり、袖で鼻をこすっておしずに話しかけた。

「――おしずさん、やっぱり駄目ですよ、来るべきじゃなかった」

「なびきさんは蓼科の甲賀三郎の話が聞けてよかったじゃないか。アタシは確かにバカを見たけどね！　浅草だッて、あんにゃろう。あちらの女将と大女将と大旦那サン、皆グルだったのかな」

おしずは不作法に船縁を蹴りつけた。清兵衛はなぜか気まずそうだった。彼の立場なら「ほらあんな男よりわたしの方が」と勝ち誇ってもいいのに、なぜか舟の端で縮こまってぼそぼそつぶやく。

「……是衛門どのの浅草の囲い女。実はうっすら耳にしたことがある。もう随分前の話で、子が流れて別れたと聞いていて……続いていたとは」

「子⁉」

「いや、あの、ええと、その頃とは違う人かも」

「何人も心当たりが⁉」

それでしどろもどろになっておしずに怒鳴られていた。彼が妾と子をなしたわけではないのに。

――思えばおしずはなぜ激怒するのだろう。どうでもいい男に妾がいてもどうでもいいだろうに。吉原と妾で何が違うのか。

「そうじゃなくて――花衣さんに悪かったですよ」

か。

なびきはそう言った。

おしずは自分のことばかりだ。彼女はあの吉原の光を綺麗なものとしか思っていないのか。

「花魁、気晴らしになったでしょ。スケベな金持ちなんてキット皆毎日同じようなことばっか喋ってて飽き飽きでしょ。たまにはバカな女が豆腐持って押しかけてくるくらいのこと、あった方がサァ。実際アタシら大バカだ！」

「それって甘えてると思います」

「吉原の遊女は皆、親兄弟がいるのが当たり前ッてわけじゃないんだから吉原で兄貴捜しは気が引ける？」

——わかっているのではないか。

「キチンと決まり通りに礼儀守って清兵衛一人で来てたらなびきさんの兄貴の話は出てこなかったよ。浅草の囲い女の話も出てきたかどうか。来てよかった」

「それでもわたしは吉原の掟（おきて）を破るべきじゃなかった」

「何で？」

「花衣さん、きっと今頃どうしてわたしたちが大門を出られて自分は出られないのか、悔しく思ってる」

なびきが言うと、おしずは吹き出した。——何がおかしいのか。

「お、お人好しだねェなびきさん」

「安倍川餅じゃない、黄粉かけたお豆腐でお礼してもらうなんて」

「ホンットお人好しだよ。アッチはいいッて言ってんのに」

「それが甘えですよ。いくら黄粉かけたってお豆腐はお豆腐で安倍川餅にはなりません」

「花魁、泣くほど喜んでたよ」

「わたしたちみたいなのをはねつけることもできなくて、情けないから泣いてたのかもしれないじゃないですか。真に受けることがありますか」

「杓子定規（しゃくしじょうぎ）だねェ」

「お人好しというか、生真面目（きまじめ）というか。純だな、なびきさんは」

　清兵衛まで声を上げて笑った。

「何が面白いんですか」

「あ、いや」

　そのくせ、なびきが尋ねると清兵衛は口ごもった。

「清兵衛さんはおしずさんの味方なのわかってます」

「清兵衛に当たるなよ」

「とにかくずるは駄目です」

「ソレで何かいいことあんの？　何もしないより、兄貴が見つかった方がいいでしょ。

——アタシが探った途端に兄貴の手がかり見つかったから、スネてンの？」

「別に。お兄ちゃんなんて今更」

途端、おしずが立ち上がろうとして猪牙舟が揺れた。

「ね、姐さん、ひっくり返る!」

若い船頭が悲鳴を上げ、清兵衛がおしずの肩を摑んで押しとどめた。

「おしずさん、立っちゃ駄目だ、立っちゃ! 落ち着いて!」

「アタシなんかどうでもいいけど捜してやれよ、兄貴もじいさんも! アンタじゃなきゃダメなことといくらでもあるのにイジケやがって! 今更ッて何だよ!」

おしずは怒鳴ったが、きっとこれが小さな舟の上でなければなびきをひっぱたいたりしたのだろう。

ひっぱたかれるのは怖くはなかった。

ただ、思った。

——向こうもわたしを捜してくれてはいないのにどうしてわたしばかり捜したり心配したりしなきゃいけないの?

——わたしばかりみっともなくて疲れるなら、もう懲り懲り。

「花魁気遣ってないで、兄貴が生きててよかったッて一回くらい言え! アタシに文句言うよりやることあるだろ!」

おしずは喚き続けた。

「アンタがそれじゃ花魁もやってらんないよ。アンタは花魁の気持ちを全然わかってない!」

「花衣さんの気持ち？」

「蓼科の甲賀三郎が好きじゃなきゃアンタたちが出会えばいいな、なんて思わないンだよ！」

急にそんなことを言われてびっくりした。

「な、何でも惚れた腫れたで解釈するのよくないですよ」

なびきはそう言ったが我ながらいかにも取って付けた言いわけだった。分が悪い。

「惚れるほどじゃなくても友達なら家族と再会してほしいッて思うだろうが！　屁理屈に逃げんな！　――アンタはずっと逃げてンだよ！　じいさんに捨てられて傷ついてンの認めたくないから〝神さまのお告げ〟だの吉原の掟だので自分をごまかして、ものわかりの悪いアタシに八つ当たりしてンだ！　兄さんもじいさんも気に入らないなら捜し出して横っツラひっぱたけ！　仲よくしろとはアタシも思ってないよ。せめて文句があるなら本人に言え！　アンタは今、土俵に上がりたくなくて駄々こねてるだけだ！」

猪牙舟での戦いはなびきの完敗だった。

船頭はへっぴり腰で舟を神田八つ小路につけてなびきたち三人を降ろし、そそくさと修羅場を逃れた。提灯の光のあるところに行けば、他に猪牙舟を探している客がいくらでもいるはずだった。

揺れない地面に立っても敗北したなびきに反論はない。おしずも改めてなびきに殴りかかるようなこともなく、清兵衛も取りなす言葉も思いつかないようで、紺屋町まで無言で戻った。

煮売り屋〝なびき〟には灯りが点っていた。

「もちっと早く」

店に近づくと、なぜだか店の中で駕籠舁きの鶴三が逆立ちしている辰の脚を持って歩いていた。つまり辰が逆立ちで土間を歩く練習をしていた。なびきは怪訝に思って尋ねた。

「……何してるんですか？」

「なびきちゃんが女衒に取られて吉原から帰れなくなったとき、辰が幇間になって迎えに行けるように軽業の特訓を」

駕籠舁きの亀吉が言うのを、辰は逆立ちのままはねつける。

「うるせえやい、余計なこと言うな。おれは芸に目覚めたんだ。なびきがどうとか関係ねえ。今晩中に逆立ち歩きを極めて、身軽に踊れる魚屋を目指すんだ。さながら牛若丸のごとく！」

——男というのは突拍子もない。吉原に行って帰ってきたなびきが思うのも何だが。踊れる魚屋？　牛若丸は何の芝居にも出てくるが、魚屋に身をやつして？　芝居の魚屋の衣装は格好がいいから義経に着せたら錦絵や団扇が売れるかもしれない。平家の落ち武者が鮨屋に身をやつしていることがあるのなら義経だって。義経だったら何でもいいという人はいる。

辰がよろけるのを横目に、亀吉はお猪口を手に床几に座ってへらへら笑っていた。

「本当に娘二人連れて吉原行ったのかよ、すげえなあ。医者のあんちゃん、語り草だぜ」

辰が逆立ちを諦めると、鶴三も床几に座った。

「なびきちゃん、なかなか板についた小僧っぷりじゃねえか。結局何しに行ったんだ。花魁道中見たか？」

どうやら屋台で何か肴を買ってきて、おくまが燗した酒を飲んで皆で楽しく過ごしていたらしい。料理が不得手なおくまだが、酒をちろりに入れて燗するくらいはできた。夜の分の惣菜を仕度しないまま出かけてしまったのはこちらの落ち度なので野暮は言うまい。

――なぜそれで逆立ちになるのかわからないが。

辰はうまくいかなくて不満そうだったが、ぶっきらぼうに床几の皿を差し出した。

「鮨食うか。多かったからまだ残ってんだ。吉原の食い物、高かっただろ」

なびきは見もしなかった。

「いらない」

いかにも不貞腐れているのが声に出たのか、辰が呆れた。

「何だよまたお前おしずと喧嘩してんのかよ。この頃お前らいっつもモメてんな」

「うるさいなあ」

「アタシらもう帰るから」

おしずは愛想もへったくれもなく、早々に清兵衛と夜の町に消えていったが、ただ家に帰るだけで色っぽいことになんかならないのは明白だった。せいぜい力が余った癇性の母のようなおしずを継子の清兵衛がなだめる程度だろう。

「皆もう散会してください。わたし、お供えしたら雨戸閉めて寝ます」

なびきは両手を打って皆を席から立たせる。

「なびきの吉原武勇伝はねえのかよ」

「ないです」

「おれたちもお前に話あんだけど」

「わたしにはないから今日は帰って」

どうせ逆立ちの何たるかなのだろう——自分でもつっけんどんな物言いだった。

辰と鶴三、亀吉、おくま夫婦を強引に追い出して雨戸を閉めて散らかった食器を片づけ、なびきは神棚の〝神さま〟に晩ご飯のお供えをしなければならなかった。

皆の残りの鮨しかないが人間の残り物をそのままお供えするのは礼を失するので、酢飯をほぐして魚の上から煎茶をかけて「こういうお茶漬け」の体裁にしてからお供えし、柏手（かしわで）を打って祈り、供え終わったらなびきが自分で食べる。

酢飯のお茶漬けは酢がつんと鼻についた。誰が作った酢飯なのか、やたら酸っぱい。ご飯の炊き加減がなびきには柔らかすぎる。年寄りか乳離れした子供の食べるものだ。載っているのは酢締めの小鰭（こはだ）だろうか。どういうわけか細かく刻んである。細かすぎて何を食べているのかわからない。大体、魚の身をどんと大きく載せるものなのに。こんな風に売っている鮨があるとは思えないので誰かわざわざ切ったのか。

一人で晩ご飯を食べるのは久しぶりだった。朝はささっとあるものをかっ込むが戸が開いているので隣近所の皆が顔を出し、辰が魚を売りに来て箸を置いて相手することも多い。

一人でぼんやり行灯を見ているとお茶漬けの冷めるのが早い。

――辰に語ってやればよかった、吉原武勇伝。花魁に会うには茶屋でお茶を飲んで待って、新造さんも禿もそれは綺麗で夢見心地よ。暗くなって猪牙舟から日本堤を見ると提灯の明かりが蛍みたいよ。皆、遊女を口説くのに必死で年の瀬にまだまだ咲きそうもない梅の枝まで持ち出すほどだけど、わたしたちはお豆腐を食べただけで帰ってきたの。花衣花魁はわたしのお兄ちゃんの幼馴染みで、お兄ちゃんは〝蓼科の甲賀三郎〟という名前でほんの二、三年前まで吉原にいたのよ。

この十年、てんで見つからなかったお兄ちゃんの手がかりが見つかったの――

きっと辰とおくまは喜んだだろう。駕籠舁きたちも祝い酒を飲んだだろう、まだ本人が出てきたわけでもないのに。木戸が閉まる、肴が糠漬けしかない、そんなこと気にも留めずに朝まで浮かれただろう。

なびきは自分のことばかりの薄情者のすねた子供だ。おしずの言う通り、自分の不幸では足りなくて花魁の陰に隠れようとした。

一人で食べる茶漬けは酸っぱかった。ご飯は米から作られた酢を仲間として歓迎していない、そんな味だった。

4

翌日、おしずは店に出なかった——清兵衛と浅草田原町の小間物屋を問い詰めに行った。年の瀬でどこも忙しいのにおかまいなしだ。毎日、そこまで精力的なのは感心するべきだろう。もはや何が目的なのか見失っているとすら。

なびきはそんなに暇ではない。

人間は北風に吹かれて寒いばかりだが、この霜の降りる寒さで根深葱の甘味が増す。土に深く根っこが埋まって白くて太い葱はこの季節の飯屋には欠かせない。葱は江戸近郊では南東の砂村か上野の北東の千住で作られたものが多い。葱は千住で大根は練馬、小松菜は小松川村、三河島菜は三河島。ありがたいことだ。冬だっておいしいものはたくさんある。白身魚は大抵、高級で手が出ないだけ。

となれば、やることは。

深川飯を作る。貝が深川でよく獲れるのでこんな名前なだけで、神田でも作る。出回り始めたばかりの青柳——何の悪ふざけなのか馬鹿貝なんてひどい名で呼ばれていることもあるが、綺麗に言えば青柳。貝の剝き身のいろいろ雑多なもので小柱やら海松貝やら大きい浅蜊やら小さい蛤やら混ざっているが、とにかく安い。

既に殻から外してある貝の身を、葱の白いところをザクザク斜めに切ったのと一緒に煮込んで味噌汁に仕立て、白飯にかけて食べる。以上。

江戸の名物、定番料理にものすごい工夫をしたのでは野暮だ。いつも通りのものは、いつも通り。誰でも作れそうだが飯屋で出してくれるならそれはそれで楽。

貝は煮すぎると固くなるが、根深葱は煮込んで甘口トロトロがいい派と、歯応えシャキシャキピリ辛の生煮えがいい派が揉める。なびきはトロトロ派なので厚めに切った葱を煮てから貝を入れる。シャキシャキ派の人のために、細く切った生の葱を別に用意してお好みで後載せする。

凄まじく簡単なのでついでに豆も煮て、裏長屋の瓦職人のおかみさんの赤ん坊を預かることにした。ものは経験だと言われて。おかみさんはたまには一人で風呂屋や髪結いに行きたいとのことだ。赤ん坊は長吉という名でやっと首が据わるようになった。

前もっておかみさんが長吉にお乳をたらふく飲ませてからおんぶ紐でなびきの背中にくくりつけ、二人まとめてねんねこ半纏を着せてもらった。江戸のどこにでもいる子守り娘の出来上がり。

まだ小さいとはいえ赤ん坊を背負っていると結構な重みだ。それに温かい。湯たんぽを背負っているようで、半纏もあって汗ばむほどだ。これで料理もしていると、何も考えずに済む。頭を使わなくていい仕事がたくさんあるのはいいことだ。

「おお、初物の馬鹿貝、縁起がいい」

「正月の先取りだな」

と、初鰹や寒鰤など物々しい初物や旬のものにはとても手を出せないご近所の皆さんが匂いに引かれて集まった。

冷たい海中からさらってきた貝類の旨味と、白い葱の甘味と辛味を味噌でまとめて、熱々に煮えているうちに飯と一緒にかっ込む。気取らずに食べるのも味わいだ。

「今日のなびきは子守りか。さまになってら」

と辰が背中の長吉をかまったせいで、赤ん坊が泣き出した。

「辰ちゃん、折角寝てたのにいじめないでくださいよ」

「ヨダレがすげえから拭いてやったんだよ」

なびきが抗議すると、辰が雑巾を見せた。床几を拭くのに使っているものだ。なびきは動揺した。

「よ、ヨダレ」

——赤ん坊のよだれと、雑巾で拭かれたことと——

「全部お前の肩にかかってて飯には入ってねえよ」

辰が親切のつもりで言っているのにめまいがする。

「よだれの多いのは元気な証だよ。赤ん坊から出るものは何でも多い方がいいんだよ。憶えておおき」

おしずの代わりに給仕の手伝いに来たおくまもそう言い添えた。

——なびきは子守りの後に風呂に入るから大丈夫なのだ、と思うことにした。どのみちおしめが濡れたらよだれどころではない。

　今はおしめは濡れていないし、とにかく泣き止ませるのに、なびきは声をかけて背中を撫でたり、いい感じに揺らしてやるくらいしかできない。客が目を剝いて面白い顔をしてくれるのは効いているのかどうか。

　鈴が鳴った。

「はあい」

　なびきが愛想笑いで振り返ると、道維の戸惑った表情が目に入った。

「……何だか大変そうだな」

「見た目ほどじゃないです」

　泣いても死なない、とおくまが言うので。

　ほどなく長吉は泣き止んだ。何の機嫌なのか、あぶあぶ言うのは笑い声なのか。振り返ってもなびきからは見えないが、おくまが悠々と見守っているのだから大丈夫なのだろう。

「なびきちゃんも赤ん坊の世話くらいできないとねえ。やり方よりも慣れるのが大事だよ。これくらい触って大丈夫、泣かせても大丈夫だって」

「ということで、師匠について修業中です」

　おくまと長吉とどっちが師匠なのかわからないが。どっちも、かもしれない。

「裏長屋の良吉さんのところの長吉坊です。道維さん、運気が上がるように頭でも撫でてやってください――」

　なびきが言うのを道維は聞いていなかった。

道維は目を細めて笑んでいた。

僧というのはしかつめらしい顔をしているものだ——というのは法要の最中の話。上野の寺々や浅草寺から何かしらのお使いで通りかかった僧などは、この辺では誰も見ていないと思うのか、力を抜いてあくびしていたりする。普通の若者のように仲間とふざけ合っていたり、よからぬ本を歩きながら読んでいるのすら見たことがある。

だが道維はここまでずっと毅然とした表情を作ってきた。托鉢でものをもらって愛想をふりまくのは僧のふるまいではない。

それが緩んだ。

赤ん坊を見たら誰でも優しい気持ちになって笑顔になる——当たり前だ。男でも女でも僧でも。ぶん殴りたくなるよりずっといい。

いいことのはずなのに、何だかなびきはよくないものを見た気になって目を逸らしてごまかした。

「ええと、今日は特別にいろいろ用意したんです」

深川飯は出せないので道維用に工夫した献立——茹でた葱を炊き立てのご飯に加えて蒸らした葱飯だ。いつも豆腐や納豆では飽きるだろう。ご飯にちょっと菜を混ぜるだけで目先が変わる。味噌汁も当然、葱。それらを盛りつけて折敷に並べていると、おくまが声を上げた。

「あれ。坊さんに葱は駄目だよ」

「え、そんなのあるんですか？」

なびきは驚いた。初耳だった。改めて、店に入ってきて事情を察した道維が気まずげに説明した。

「〝五葷（ごくん）〟といって葱、大蒜（にんにく）、蒜（ひる）、韮（にら）、辣韮（らっきょう）は禁じられている。特に禅寺では〝禁葷酒（きんくんしゅ）〟と言ってな。臭いが強くて精のつくものを食べると余計な力がついて邪念を抱きやすいゆえ」

「ええ、知りませんでした。葱とらっきょが駄目なんて」

――そんな猫のような掟があったなんて。なびきは愕然（がくぜん）とした。元気になりすぎてはいけないなんて殺生な。お釈迦（しゃか）さまはお坊さんは引きこもって干物になってしまえとでも言っているのか。大蒜と韮はともかく蒜とは何だ。

「勿体（もったい）ねえからおれが食うよ」

辰が横から折敷を取ろうとしたが、道維が手を伸ばして遮った。

彼は何か言おうとしたが、口が動いた後で、別のことを言った。

「――いや、布施として出されたものはいただく。知らずに作ってくれたものが悪いということはない。今の野拙（やせつ）は禅僧でもない」

「宗派で違うんですか？」

「真言坊主はあまり五葷のことは言わない。本当は布施ならば肉や魚も食べていいし、なびきどのが野拙を気遣って作ってくれたものが悪いはずがあろうか。釈尊（しゃくそん）も町娘の乳粥で悟りを得たのだ」

それらしいことを言って彼は手を合わせて一礼したので、なびきは折敷を差し出した。布施は成った。道維は自分で座敷に折敷を持っていく。

「酒やら肉やらはわかるけど、葱やらっきょで功徳が損なわれるってのも変な話だなあ。何で宗派で違うんだ？」

「恐らく禅僧は五葷を食らうと座禅が乱れて修行の妨げになる。座るだけというのは存外難しい。だが禅と真言とどっちがいい悪いという話ではない」

辰の疑問に道維はそう答えた。

確かにどれもこれも話はそれらしい。

なびきとしては作ったものを食べてもらえるのはありがたいのだが、とんでもない間違いがあったのではないかと落ち着かない。やはり辰に食べさせて、道維には干し飯を持って帰ってもらった方がよかったのではないか。

――声には出さなかったが、彼は先ほど「どうせ」と言ったような気がした。

おしずが顔を真っ赤にして怒り心頭の風情で店にやって来たのは中食の片づけの頃だった。相変わらず清兵衛が申しわけなさそうに背を丸めて彼女の後をついて来る。

「聞いてよなびきさん！　浅草の小間物屋！」

別になびきは何も聞きたくなかったし、おしずがキンキン声を上げると長吉が泣きそうだ。無視して井戸端で釜を洗いたかったが、おしずがずんずんやって来て耳もとでがなり立てる。

「アタシにソックリなお腹の大きい女がいた！　二十六のお春！　正月、遅くて二月には産まれるッて！」

「は？」

なびきは流石に足を止めた。

「もう十年も是衛門に囲われて、身籠もったのは三度目。二度流れて、産まれるのは今回が初めて。元は三峯屋の飯炊きで、女将に嫌われて夫婦にはなれないまま囲い女で十年！」

「そんな人がいるのにどうしておしずさんに戻ってこいなんて！」

「そりゃあ、子が産まれるからに決まってんじゃないか」

口を差し挟んだのは荒物屋のおときだった。井戸は共用で、なびきとおしずが揉めているのは荒物屋の裏口からも丸見えだ。

おときは「髪が長くて男前の僧なんて気色が悪い」とおしずと全く同じことを言って道維を毛嫌いして、彼がいるときは声をかけてこなかったが、今は生臭い話でにやついていた。

「妾の子なんて外聞が悪いから、形だけでも嫁に育てさせて嫁の子だってことにするんだよ。光源氏だ」

「な、ア、アタシにもこんな風に子守りしろッて⁉」

おしずがなびきのねんねこ半纏を指さす。――子守りはすればいいのではないか。やり甲斐のある仕事だ。

「子守りは子守り娘を雇うだろうよ。名義貸しだよ、名義貸し」

「より悪い！」

「三峯屋の若旦那もなかなか浄瑠璃めいた苦労があったらしいよ」

おときは是衛門がしょっちゅうこの辺をうろついているのに声をかけて茶を飲ませて身の上を聞き出したらしく、この中の誰より事情通だった。

まず、話は三峯屋の女将・お松が跡継ぎを上げられなかったことから端を発する。武家の出の大女将・泰子が親族の武家から養子を取ったのが幼い是衛門だった。

泰子は芝居が大好きで同じ演目を三回も見に行き、金遣いが荒い。お松はただでも苦労が絶えないのに、姑から押しつけられた是衛門になかなか馴染めない。跡継ぎを産めなかったと責められているようだ。商人の子なのがお松一人だけというのにも引け目を感じる。逆に多少血縁があって、二六時中見ていなければならないわけでもない泰子は是衛門を溺愛。当然、是衛門は泰子にばかり懐く。旦那は皆、知らん顔。

是衛門が十九になった頃、飯炊きのお春が登場する。若い男のそばに若い女がいれば間違いが起きるのは必然である。

お松はお春が是衛門を誘惑した、分を弁えないふしだらな女だと忌み嫌った。見かねた泰子が貧しいお春の両親に浅草の小間物屋を丸ごとやって商いをさせてお松の目から遠ざけつつ、是衛門は吉原に行くふりをしてお春に会いに行くことに。

さてここに今の三峯屋の旦那・太兵衛(たへえ)がよそに作った娘・おりんというのがいる。泰子の血を引く孫だ。この娘が是衛門の嫁になって子をなせばめでたしめでたし。

そうなるとお松一人が蔑ろ(ないがし)にされる。

しかしおりんは縁談が持ち上がった頃、十やそこらで嫁に取るには幼かった。

是衛門はおりんが大人になるのを待っていたら三十半ばになってしまう。商家では四十過ぎて番頭にならないと嫁をもらえないなんて当たり前だが、是衛門は番頭ではなく若旦那だ。

なのでお松はおりんが育つより前に、お春そっくりで医者の家柄、武家でも町人でもない若々しいおしずを見つけてきた。是衛門は若い美人を嫁にもらえるならと喜んでおしずと夫婦になったが、自分の血を引く曾孫(ひまご)に期待していた泰子はへそを曲げた。

だがおしずは女遊びにかまけてろくに家にいない是衛門を箒(ほうき)で殴って飛び出し、今に至る――

「その話、何で当のアタシが初耳なの⁉　是衛門が養子なんて知らなかった！」

「そりゃ、真面目なお医者のお父さまに妾がどうのなさぬ仲がどうのと言いにくかったんじゃないのかい。お武家からの養子ってそっちも隠し子だの何だの人聞きの悪い事情で家を出されたって話だろうし。あんたからお松さんに聞かなきゃ。察しの悪い子だねえ」

おときはおしずを肘で小突いた。

一つ、確かなことがあった。——おしずが多少我慢したらどうにかなったということは何もなかった。母と継子、嫁姑の確執が続くだけ。逃げるが勝ち。吉原に贔屓がいるという話の方が遥かにましだった。是衛門に十年来の妾がいて、義父がよそに作った娘が十歳くらいって。

三峯屋のお松はおしずに全てを明かして退路を断つべきだったのに、嫁入りしてから一つも説明しなかったというのは実物を見て自分の期待通りになりそうでないと早々に諦めたのではないか。

「継母にいじめられて愛を探し求めてそっくりな女を次々と、なんて薄幸の光源氏じゃないかい」

「アタシは光源氏なんか大嫌いだよ！　源氏なら九郎判官だ！」

「九郎判官にも山ほどお妾はいると思うがね」

「お春さん、お腹が大きいとお風呂に入るのがきついッて言うから身体拭く手伝いまでしてやったよ！　もうアタシは十分親切にした！」

「別に、金持ちなんだからお妾くらい。金がないのに一人前に浮気だけはするやつより上等じゃないか。あんた、こんなところで飯よそってても何になれるわけでもないんだから金持ちの亭主に頭を下げて妾の子を育てさせてもらった方が」

「絶対イヤ！」

おしずは喚いた。

おときの言い分にも理がなくはない。妾やら隠し子やら人聞きが悪いが、一人で済んでいるのならまだましな方だ。

しかし彼女は、わざわざおしずが嫌がるような言い方をしているようにも見えた。はたで見ているなびきは、暴れ馬はこうやって御するのだな、と思った。

遠くで小さく雷が鳴り、背中の長吉がぐずり出した。空は真っ黒に雪雲が垂れ込めて、冬の嵐の風情だった。

三話　磯の鮑の片思い

1

新年を迎え、そろそろ梅の蕾が緩む。大晦日だ新年だと騒いで門松やら注連飾りやらを玄関先に置いているのは人間様ばかりで、間違っても鶴やら鶯やらが飛んできたりはしない、いつも通りの朝だった。

正月の餅は辰が搗き、若水はご隠居が汲んだ。

久蔵がいない初めての正月——煮売り屋〝なびき〟の新年は雑煮を作ることから始まる。若水は新年が明けて初めて井戸で汲む水のことで神聖な力があり、井戸がある家では家の当主が汲むものだそうだ。この長屋では年寄りということでご隠居が汲んだり久蔵が汲んだり——ご隠居は腰が痛いと言うので、三回に二回くらい久蔵が汲んでいた。来年はおくまの夫が汲むかもしれない。

これまた新年になって初めて点けた火で、若水を沸かした鰹出汁で餅を煮る。雑煮作りは神事である。

久蔵は生まれが上方だったので餅を搗き終えると全てその日のうちに小さな丸餅に丸め

た。大きな伸し餅を作って一日置いてから切る江戸の流儀には染まらなかった。大きいのを切ると楽だが味が落ちる。なびきも丸餅を作った。

しかし雑煮は小松菜と大根の醤油仕立てだ。久蔵の地元の正月の雑煮は大根と人参と小芋を煮て白味噌で仕立てたものだが、皆に「小松菜と大根の雑煮を食わないと年が明けた気がしない」と散々に言われて「神田風」を憶えたらしい。

かくして、正月の昼から雑煮を煮る気などないが、縁起だけは担ぎたい近所の無精者が煮売り屋〝なびき〟に大集結することに。知り合いの家を一軒一軒訪ねて挨拶回りするのが面倒なので、ここで顔馴染みと出会って済ませようという人もいた。

駕籠舁きの二人は他人の挨拶回りにつき合うのが仕事なので、正月気分といえばこの雑煮を食べるくらいでさっさとかっ込んで出ていった。

正月が休みの人もいる。棒手振りの辰だ。新年の一日目は魚河岸が休みなので大晦日の夜から魚屋仲間と徹夜で初日の出を見に行った後に朝寝を決め込んで、昼頃に寝ぼけ眼をこすって雑煮を食べに来た。

「毎日正月ならいいのに」

「毎日朝寝してたら辰ちゃん干上がっちゃうでしょう」

出初め式やら派手な祝い事は大体が二日にある。辰は明日の商売をさっさと済ませて江戸城に登城する武家の行列を見に行くと息巻いていた。どこの先祖伝来の槍がすごいとひとしきり語って、ふと店の中をきょろきょろ見回した。

「そういや今日も坊さん来てねえな。大晦日も正月も坊主の稼ぎどきと思ってたが」

——道維は年末の葱事件以来、顔を出していなかった。今は鶴亀の長屋にもいないらしい。

餅を搗いてくれると約束したのに。辰が搗いてくれたからいいのだが、それよりも。

「まさか本当に葱で功徳を失って、今頃大変なことに……」

なびきは結構本気で心配だった。葱を食べた途端に失踪してしまうとは。辰は一蹴したが。

「葱で何がどうなるってんだよ。猫にマタタビほどすげえか。風邪でも引いて寝込んでんのかな」

「どこで寝泊まりしてるかわからないのも大変ですし」

「坊主ったって大の男だ、干涸らびてるってこともねえだろ。何だかんだ四国で九年も歩き回って布施もらって生きてたんだから図太くて頑丈だぜ。江戸の方が布施くれるやつ多いだろ。——男前のわりには女のとこにしけ込んでる感じもねえから、その辺は不思議だけどな。風邪引いて小石川養生所にでもいるんじゃねえか？」

辰自身は女好きではないが、女好きのだらしない男には敏感だった。白粉の匂いですぐわかるらしい。

「話変わるけど何か、歯が悪くても食えるご馳走ってないか〝飯の神さま〟に聞いといてくれよ」

「歯が悪くても？　お年寄りですか？」

「うん、そういうの」

辰は歯が揃っていて堅焼き煎餅もものともしない。雑煮の餅もどれほど嚙んでいるか心配なくらいの早食いで、柔らかいものが食べたいなんて考えたこともなさそうだ。

「お豆腐？　お粥？」

「そういうのに飽きたやつのご馳走。そんな急じゃねえんだ。師匠、正月は忙しいらしいから」

はて、辰が師匠とは――同じ長屋の元魚屋の老人に魚河岸の流儀やら作法やら教わったらしいが、〝トシじい〟などと呼んでいて師匠と言ったことは一度もない。昨日今日老人になったわけではないから急に歯を気遣うのはどういう風の吹き回しか。

「お餅は結構嚙まなきゃいけないし、考えておきます」

なびきはあえて聞き返さなかった。喋りたくなったら辰が自分で言うだろう。

山芋などすりおろせば柔らかくて滋養豊かだ。旬まで少し待たなければならないが。魚のすり身を合わせてはどうだろう。やはり白身魚だ。豪勢といえば鯛だが、鰈や平目ならそこまで高くない――

辰は何を食べてもうまいと言うので、彼以外となると責任重大だ。

「それはそうとお前、まだおしずとモメてんのかよ。早く何とかしろよな」

辰に言われてなびきは答えに詰まった――道維の行方も辰の頼まれごとも、現実逃避だ。

なびきはおしずとの喧嘩をまだ持ち越して、ろくに会話もしていなかった——年末の妾がどうのというときになし崩しに仲直りしてしまえばよかったのに、おときに遮られてしまったので。おしずは客には雑煮をよそって愛想を振りまいていた。

このままではおしずがもっと非常識な方法で久蔵かなびきの兄を見つけ出してなし崩しに仲直りするのが明白だった。女の身で吉原に行くより非常識な方法なんか思いつかないが。公方さまに直訴する？　本当にそんなことできたらすごいなあ——

なびきは「ごめんなさい。一緒にお兄ちゃんを捜して」とおしずに詫びなければならないのだが、深川飯を作ったり餅を搗いたり雑煮を作ったりでごまかし続けていた。江戸っ子は三が日の間ずっと雑煮を食べ続けるが、煮売り屋〝なびき〟は明日から並みの焼き魚と味噌汁の一膳飯屋に戻るので、次は「ご飯を作るのが忙しいから」とごまかすのに決まっていた。

自分がこんなに臆病者だとは知らなかった。

——こんなときに限って、おしずと仲直りの一品、というお告げの夢もなかった。玲瓏豆腐以来、お告げの夢を見ていない。

こうなったら二日から売り出す縁起物の絵を枕の下に敷いて、七福神の宝船や一富士二鷹三茄子の初夢を見るしかなかった——こんな季節に茄子の夢を見たって手に入りっこないが。富士と鷹はともかく茄子の夢はどうして縁起がいいんだっけ？

ご隠居に尋ねてみたが、「四扇五煙草六座頭」という続きがあると教えてくれたものの肝心の茄子の方はよくわからないままだった。

なびきとおしずの「犬も喰わないだんまり喧嘩」の姿勢が崩れたのは一月四日のこと。

〝神さま〟が二人の仲直りの一品を教えてくれたのでも、将軍のお触れが下ったのでもなかった。

夕暮れ時のことだった。なびきがおくま夫婦や辰、駕籠舁きの二人などいつもの面々に鯊の煮付けを食べさせていると、清兵衛が駆け込んできた。彼はいつもきっちりした十徳姿なのに十徳がすっ飛んで灰色の小袖があちこち泥で汚れて、総髪の結っているのすらほどけてほつれていた。

「な、何でえ、転んで溝にでも落ちたのか？　野良犬に追いかけられた？」

辰が茶碗を持ったまま床几から立ち上がって尋ねたが、清兵衛はぜえぜえ息をしていてすぐにはものも言えない。青白い御仁だがよほど大急ぎだったのかほおに赤みが差している。

「お水でも飲みますか？」

なびきは水甕から水を汲んで——ふと、おしずがついて来ないのに気づいた。このところ、帰り道が暗いからと清兵衛が家まで付き添っているはずだった。

「清兵衛さん、おしずさんはどうしたんですか」

なびきは水の湯呑みを勧めながら尋ねた。清兵衛は答えずに水を一杯あおり、お代わりを飲んで、やっとあえぐように声を発した。

「おしずさんが……さらわれた……是衛門の……わたしのせいで……」

彼はそこまで言って土間にくずおれ、倒れてしまった。

2

倒れた清兵衛を皆で座敷に寝かせ、辰は鯊の煮付けの残りを大急ぎでかっ込んで、久方ぶりに三河町に走っておしずの父・小堀清玄を呼んでくることに。紺屋町より南西の三河町は神田と駿河台の間で、小堀清玄は元は小石川療養所で辣腕を振るっていたが今や殿さまからも声がかかる名医だった。

清玄はまだ四十そこそこでなかなかの男前なのに総髪が真っ白で仙人のようだ。おかげで黒の十徳に威厳があって説得力がある――清兵衛だとどうも「決まりだから着ている」風情だ。やはり医者は老けている方がそれらしい――若くして白髪頭なのは医業と関係なく、おしずに苦労させられたせいなのだが。清兵衛とはつき合いが長いようだった。

名医・小堀清玄の見立てではこうだった。

「怪我はない。清兵衛どのは生まれついての肺病持ちであるから、無理に走ったせいで病が増悪――ぶり返したのだろう。この人はこうなるとひと月ほど病みついて寝込む。これまでに二度あった。駕籠で家に帰ってもらい、しばし養生するしかあるまい。ご家族が看病に慣れている」

「走っただけで寝込むのかよ、よくこれまで生きてこれたな」

辰は呆れていた。彼はこの辺で一番走るのが早く、駕籠舁きたちと柳原土手をどっちが早く駆け抜けるか饅頭を賭けて競走し、三回のうち二回勝った。風邪一つ引いたことがない。この辺の人は多かれ少なかれそんな感じでなびきも風邪を引いたことなどないし、病弱な人といえば、おくまの夫の信三にぎっくり腰のくせがある。それくらいだった。

「こちらは旗本の長男だったのだが斯様に病弱では大人になるまで生きていられるかどうか知れぬということで、嫡男の座を弟御に譲って自らは医者の修業を……このところは落ち着いていると思ったのに」

清玄が語ったのはおしずからも聞いた話だ。

清兵衛は武士を諦めて医者になると志したときに世話になった清玄の〝清〟の字をもらって名前を変えたらしい。人生を一度捨てた。涙ぐましい主治医と病人の物語だった。

なので、生きている間に一回くらい夫婦になりたいと言われるとおしずは拒みづらい

——どうせ走っただけで死ぬので、吉原でおしずと心中することになっても悔いのない人生で、おしずの身に危険が迫れば全力で走る——

清兵衛の想いは一途だった。強すぎる執着や独特の諦観をおしずの前で見せればもうちょっと何とかなりそうなのに、彼女の前では取り繕って——見栄を張って？　普通の人の顔をしている奥ゆかしさがどこまでも彼の足を引っ張っていた。

「おしずさんが是衛門さんにさらわれたそうですが」

「是衛門どのなあ」

父親に伝えるのは気が引けたが、なびきが言うと清玄は深いため息をついた。

「確かにうちは離縁状をもらっていない。かの御仁が少々手荒に嫁を連れ戻しただけだと言ったならば、人さらいとは。清兵衛どのも運悪く寝込んでしまっただけで、殴る蹴るされたようではない。番所に訴えても〝夫婦喧嘩〟となるだろうな」

「そんな」

「あの御仁も、十一月まではあれとよりを戻すなど考えもしていなかったようなのに、師走になったので年内にと離縁状をせっついたら急に離縁はならんとぐずり出して……今どきの若者は何を考えているのか」

語りながら苦いものを噛み締めるような清玄の顔を見ていると、とても浅草の妾の臨月が近いからちゃんとした母親が必要、なんて話はできなかった。きっとその話を知っていたら清玄はもっとさっさと離縁状を書かせていたことだろう。「今」離縁状がないのが大問題だった。

「こんなときに聞くのも何ですが、どうしておしずさんの嫁ぎ先に是衛門さんを選んだんですか」

「うちの上のせがれが友人のたっての頼みであるからぜひに、と」

——おしず側で最も責任が重いのが「三峯屋一族のややこしさを甘く見たおしずの兄」

であることがたった今、判明した。いや、「是衛門に十年来の妾がいることすら知らない清玄」も責任重大なような。

「あちらも殺したりはするまい。夫婦喧嘩は毎回、あれが勝っていたらしいし、是衛門どのはあれの顔を気に入っている。顔に傷をつけたら元も子もない」

「だ、大丈夫なんでしょうか」

「わからん。一応明日、正面切って挨拶に行って帰してくれと頼み込んでみる。あちらの親御さんや番頭などは帰してくれるかもしれない、喧嘩の仲裁でうんざりしているだろうから」

清玄はとても真っ当だった。世の中の全ての人が彼くらい真っ当だったら争いなど起きないはずだったが、よりにもよって彼の娘がおしずなのだからままならない。

子の母役をさせるなら顔に傷はつけない。それはなびきもそう思うが。

「元亭主、信用できるのかね。おしずちゃんを男衆で取り囲んで力ずくで座敷牢に押し込んで、棒や鞭で折檻してるんじゃ。背中や尻ならぶってもいいと思ってるんじゃ」

おくまは気を揉んでぶちぶちつぶやいて立ったり座ったり忙しなかった。

なびきもぞっとした。おしずは多少手荒に扱われてしくしく泣くような女ではないので、逆に何をされるか――

清玄が難しい顔で言う。

「三峯屋に座敷牢などないが――実は嫌な噂がある。このところ吉原の女衒上がりというチンピラが利かん気の女房を折檻して、亭主に従順なしおらしい女に躾け直すという商売があるらしい。吉原仕込みの技で顔や身体を傷つけずに女を責めるのに長けていると」

「おしずさんにうってつけじゃないですか！」

なびきは悲鳴を上げた。——というかおしず以外にその商売の的になる女はいるのだろうか。

「あれは武術の師範にしごかれているから果たして素人の折檻などでどうにかなるものか。女は痛みに強いから恨みが増すだけで見た目は従順になっても根性はしおらしくなどならんのではないか。噂ほどうまくいかんのではないか。我が家はわしもせがれも皆、学問一辺倒で武術などやっていないのであれが一番強い」

清玄はさほど心配そうでもなかった。本当に折檻でどうにかなるならいっそそうしてほしいと思っているかもしれなかった。

しかしこれで話が出揃った——是衛門はおしずを「産まれてくる子のよき母」に仕立て上げる目算が立ったのだ。

「清兵衛どのには悪いことをしたな、こんなことに巻き込んで」

この期に及んで、清玄はさらわれた娘より目の前の清兵衛に気を遣って頭など下げている。

清兵衛はまだ髪もほどけたまま仰向けに寝転がっているが気を失ってなどおらず、汗だくでひっきりなしに浅く息をして、血走った目で天井をにらみつけていた。恐らくそこに何かあるというよりは気を逸らすために——息をするのが苦しいのでものを言わないのだろうか。怒って暴れるのはいかにも病に障りそうだ。手足に力をこめるのも駄目なのだろうか。昔の偉い人はときどき怒りのあまり「憤死」したというが、今の清兵衛は憤死寸前なのではないだろうか。

「なびきさんにも心配をかけたな。わしにも燗をつけてくれるか。何かつまむものでも残っておらんか？　ここまで歩いて小腹が空いた」

一方で小堀清玄はなびきに声をかけた。穏やかな口ぶりになびきは絶句した。——病人を気遣うのはまだしも、小腹って。これが飲まずにいられるか、とやけになっている風情でもない。

——清兵衛と見比べると、清玄が真っ当だというのはなびきの贔屓目なのかもしれなかった。いくら相手が元亭主でおしずが打たれ強くても、娘がさらわれたというのにこの落ち着いた態度は十分どうかしているのではないだろうか。おしずがさらわれた程度でいちいち心配していられない、というのは妙な説得力があるものの。

いや、久蔵がいなくなったときのなびきはおしずからはこんな感じに見えていたのだろうか——

思い当たって愕然とした。落ち着いて冷静でいるのは全然、いいことではない。

なぜかおしずがいなくなった途端、彼女が勢いで口走った不明瞭な言葉の数々がいきなり身に沁みてメキメキわかった。煮物は煮ている間でなく、火から下ろして冷めるときに煮汁の味が染み込むという。おしずという火が遠ざかったら彼女の気持ちがいきなり染み込んできた。

無駄でも何でも諦めないでほしいし往来を転がってほしい。このことだったのだ。清玄はいくらありえないと思っていても、日本堤を全力で走っておしずが吉原に売られていないか今すぐ確かめに行くべきだった。切実とはそういうことだ。

ましてやこの店には〝神さま〟もいるのに、すがらないで諦める方便にすら使って。おしずはなびきを見ていてさぞ焦れただろう。

一方で、若くしてこんなに白髪になったのだからこれ以上みっともないことは勘弁してほしい、こっちもやれるだけのことはやっている、という清玄の言い分もなびきにはわかる。疲れるというのもまた切実な話だ。

なびきはずっとおしずに謝らなければならないと思っていたが、何を謝るべきかは今悟った。わからないまま安易に口先で謝らなくてよかったのかもしれなかった。

ちろりに酒を入れて温め、鯊の煮付けがまだあったのでこれも炭火で温め直した。なびきはおしずではないので清玄を怒鳴りつけたりしないし、「わたしたち、おしずさんに叱られる同士ですよ」などと言っても詮ない。

辰から買った小さな茶色の鯊は目が出っ張ってずんぐりとして口だけ平たく不格好だ。同じように下魚でもほっそりした青い鰯とは全然違う。名医に出すには気恥ずかしいような安物だが、冬場で脂の乗った白身を醤油で煮付けると間違いがない。今なら腹子もついてくる。三匹残っていたのを皿に盛りつけ、座敷の清玄に差し出す。

「どうぞ。小さいから箸(はし)でほじるより指でつまんでかじりついた方が早いです」

「ほう、煮魚か。これは珍しいな」

清玄は感心している。やはり名医は鯊など食べない。下町ならではなのだと思ってもらおう。

「江戸前の鯊です。見た目が不細工な魚はおいしいって」

「ダボハゼだのオコゼのあっちゃ向きだの言ってる場合かよ」

辰が焦れた。彼の売り物を褒めているというのに。

「慌てたって仕方ないですよ、大八車の上で走ったって早くは着きません」

今、なびきは「冷静沈着派」の清玄と、「もっと大騒ぎしよう派」のおくまや辰の板挟みだった。釣り合いを取ってこうなっている分、「冷静沈着派」の首魁(しゅかい)だった頃よりましなのだと思いたい。

清玄が鯊に食らいついているとき、鐘が鳴った――夜四ツ。辰が舌打ちした。

「木戸まで閉まっちまったぞ」

「木戸など開けてもらえばいいだけだろう?」

やはり清玄は最後まで落ち着いたまま、鯊をしゃぶっていた。

初めて「医者だけは木戸を通れる」が当てはまる人が現れた。病人つき。

清兵衛は駕籠に座るのも厳しいので寝転がったまま戸板に乗せて、駕籠舁きたちと辰とで家まで運ぶことに。駕籠舁きは駕籠は運び慣れているが戸板は勝手が違うので辰が手伝うらしい。

「なびきちゃん、一人で大丈夫かい。うちに泊まる？」

「いえ」

おくまが誘ってくれたが、断った。

さて、なびきはいよいよ一人——とため息をついて雨戸を閉めていたら、足もとにふわふわしたものがまとわりつく。三毛だった。ゴロゴロのどを鳴らしている。

「お前、辰ちゃんと行かなかったの」

なびきは声をかけた。三毛はニャアと返事をした。猫は木戸など関係ないので後から追いかけるつもりかもしれないが。

なびきが三毛を抱き上げると、三毛は鼻先でふんふんとなびきの匂いを嗅いで耳をこすりつけた。やけに甘える——

——逆だ。甘やかされている。

猫ですら気を遣うほどの事態なのではないか、とはたと気づいた。「お前、大きな仔猫、仲間がいなくて寂しいならわたしを母と呼んで乳を吸ってもいいのよ。怖い鼠はわたしがやっつけてあげましょう。何でもお言い」と誇り高い三毛がなびきの甘えを許してくださっている。犬が気を遣うならまだしも。

なびきや清玄より三毛の方がよほど人情をわかっている。——浮世ってこういうものらしいですよ、清玄さん。

これは久しぶりにあれが来るかな——人は鯊のみにて生くるにあらず。米も塩も醤油も豆腐も青菜もほどよく食べなさいと、嫌でも教わりそうな、そんな予感がした。

3

ピュウピュウと風が吹いていた。松の生えた海沿いの断崖絶壁。崖の下を見ると尖ったギザギザの岩場に白い波が砕けて、夢でも怖い。

〝神さま〟は珍しく、十二単のお姫さま。と言っても絵でしか見たことがない。日本橋の大店の雛人形は髪をおすべらかしに結って、本物そっくりの錦の衣をまとっているという。その姿で手に爪をはめて琴を奏でている。ポロポロと高い琴の音は昔、どこかの縁日で聞いたことがあるような、ないような。

聞いているのは鮑たち。皆、貝殻に小さな手足がついていて、〝神さま〟の琴の音を聞くとさめざめと泣いた。まるで赤間神宮に芳一を呼んで琵琶を弾かせる平家の怨霊のように。

「かわいそうに、小督の局……どうせ引き離されてしまうのに」

どこがどことも知れぬ鮑たちが、身を寄せ合ってぼそぼそとつぶやいた。——内容もわりと平家物語。帝に寵愛される小督の局は娘を后とする清盛を恐れてあばら屋に身を隠していたが、帝を想って弾いた琴の音で素性が知れて連れ戻されてしまい、結局、清盛に寺に押し込められ尼にされてしまう。

曲の名は想夫恋。愛しいあなたを想う。雉も鳴かずば打たれまいに。

歌があんまり悲しいのか、鮑たちは念仏を唱えて自ら殻を脱いで崖から落ちていく。鮑の殻だけが冗談のように崖の上に積み上がって、下はどうなっているやら——

誰が言ったか〝磯の鮑の片思い〟——巻き貝はそんな風に言わないのに鮑だけが指さされる。


少し信じられなかった。いくら〝神さまのお告げ〟でも鮑なんて値の張るものが早々に出てくるとは。

鐘が鳴って朝日が差して。なびきが店の雨戸を開けると、往来にびっしり白く霜が降りていた。寝ぼけ眼でいられないほどの冷たい空気に顔を撫ぜられた。

その霜が降りてまだ誰も踏んでいない往来をまっすぐ、清玄がやって来た。

彼はゆうべ鯊の煮付けを食べていたときは平気そうに見えたが、朝日の下ではひどく肩が小さく丸まっていた。目が落ちくぼんで顔つきもやつれている。それとも夜中は暗いからわからなかっただけだろうか。

このひと晩で、心は日本堤と言わず江戸中を走り回って眠れず、髪が一夜にして白髪に——頭の毛はもう全部白いので、髭などが。剃っていてわからないだけなのだ。

これで更に身体まで走り回ったら自分も倒れてしまう。

清玄は海水を張った桶で、殻の黒々とした鮑を持ってきた。三つ。

「どうやって食べるか、知恵を貸してほしい」

「——はい、心当たりはあります」

「清兵衛どのに滋養のあるものをとあちこちに声をかけたらこれが一番だと勧められた。あちらはもう、朝鮮人参のようなものは飽き飽きでな。——肺の病に薬はない。食べもので精をつけてじっとしているしか。いい若い者が何もせず横になっているしかできないというのはつらい。足腰がどんどん衰える。それがひと月にも半年にもなるやもしれぬ。枕もとで笛や三味線を鳴らしても本を読み聞かせても病人は気が塞いでしまう、そういうものだ」

清玄は痛ましげに言った。

——きっと辰ちゃんなら我慢できない。

「ひどい目に遭わせた、せめてもの詫びだ。こんなものでは到底足りないが。彼の心の慰めになるような何か、ひと工夫できないだろうか」

せめて〝神さま〟の神通力をこめてやってくれ、とは言いにくいのだろうか、医者は。

「おしずさんが無事戻るのが何よりの薬です、おしずさんが帰ってきたらわたしの知っているやり方を教えましょう。これは技より、心をこめるのがいいんです」

「心か」

「鮑なんてどう食べたっておいしいものですから。傷んでしまう前におしずさんが戻ってこないと」

きっと清兵衛は、おしずが飲ませればその辺の井戸の水だって不老不死の霊薬だと涙を流してありがたがるだろう。まして、鮑となれば。

少しためらったがなびきは切り出した。

「――昨日は言いにくかったんですけど、おしずさん、多少腕っぷしの強い男の人が相手でもおとなしく捕まったりしないですよね」

「ああ、眠り薬を嗅がせたり当て身で気絶させたりは芝居や読本の話の都合、生きた人の動きを封じるのは難しい」

名医は断言した。

「あれは己で武術をやっているから急所を守って打たせまい。是衛門どのはあれの見目かたちを気に入っているから手荒に手足の一、二本折っても、というわけにもいかぬ。顔や身体に傷をつけたら困るのは向こうだ。市中で一対多数の大立ち回りをしていたら人目も引く」

「それが連れていかれちゃったの、清兵衛さん、清兵衛さんを人質に取られて脅されたんじゃないですか。おとなしくついて来ないと清兵衛さんをひどい目に遭わせるぞって」

なびきが言ってのけると、清玄はため息をついてうなずいた。

「――恐らくそうだろうな。赤の他人で男の清兵衛どのなら手荒くしても。本人よりも清兵衛どのを締め上げてみせた方があれは言うことを聞くだろう」

清兵衛は護衛のつもりが、かえって足手まといに――男の意地はズタズタだろう。

あまりのことに、肺を病むほど走り回ったのだろう。

「で、今、清兵衛さんは家で寝てるから――おしずさん、どうして戻ってこないんでしょう」

「座敷牢に――いや、座敷牢を普請するのは大変だな。三峯屋のような大店でそんなものを作っていたら噂が立つ。あちらに大工が出入りしていたとは聞かん。最近、小火を出したらしいが並みの普請だったそうだ」

清玄はかぶりを振った。

「あれは三峯屋の女房、若女将なのだからいつまでも牢だの蔵だのに押し込めておくわけにもいかん。着飾らせてたまには店先に出して客に挨拶などさせねば。何より、藪入りに実家に帰さんわけにはいかん――」

正月と盆には嫁を実家に帰すもの。一月十六日は藪入りだ。後、ほんの十日ほど。

十六日になっても帰らないとなれば清玄はそれこそ大声を上げて番所に駆け込んで大騒ぎしたらいいだけ。三峯屋は嫁を藪入りにも帰さない鬼の棲処だと――みっともない姿を晒すほどいい。清玄がそういうことが得意かどうかはともかく。

そのうち、お腹の大きい妾のことも知れる。

だが、是衛門はおしずをさらうのを二月にすればよかったかというとそうでもない。

なびきも言った。

「大店でもお風呂はお風呂屋さんに行きますよね。髪も結わなきゃ。花魁みたいに綺麗にめかし込んだお嫁さんじゃなきゃ意味がない。お風呂が我慢できる二、三日の間に吉原の手練れの女衒だかにおしずさんの根性を叩き直してもらって逃げられなくする――向こうは甘い見通しで望みの薄いことをやっている。おしずさんが改心せずに長丁場になれば何をどうしたって無理が出てくる」

小伝馬町の牢に罪人を押し込むのとはわけが違うのだ。小伝馬町では風呂にも入れず乱暴にやっているのでよく罪人が死ぬ、嫁にそんな扱いはできない。子を育ててもらわなければならないのに。

いくら三峯屋が大店で役人に賄いを渡しても、娘を責め殺されたとなれば清玄も牙を剝いて番所などに頼らず一足飛びで馴染みのお殿さまの力にすがる。そうなれば泥沼だ。

藪入りはあってもなくても変わらない。雇った女を見張りにつけて風呂屋に行かせたらどうせおしずは隙を見て逃げ出す。おしずほど速く走れる女はそういまい。火事の多い江戸では大店でも武家でも家風呂が許されることはまずなく、大抵の人は風呂屋に行かねばならない。

元気な女房を着飾らせるなら風呂に入れるだけでなく女髪結いを呼んだり呉服屋や小間物屋を出入りさせたり、おしずが菓子を食いたいと言えば用意したり――かかわる人数がいくらでも増える。

うち、一人でもおしずを気の毒に思えば蟻の穴から堤も崩れる。

吉原のように畑の真ん中にお歯黒溝で四方を囲った町を作り、中に風呂屋を作って花魁が逃げないように見張り、出入りの小間物屋にまで因果を含めるなんて、いくら大店でも無理だ。

吉原ほど頑張っていても逃げる遊女はいて、たまには逃げ切る。

おしずが戻ってこない理由は一つ。

閉じ込めている是衛門側も閉じ込められているおしず側も、まだ今のありさまに慣れていない――おしずが逃げる方法を思いついていないだけ。普段通りでないのにびっくりしてうっかり我慢している。

おしずは「飽きた」と思えばどんなことでもできるが、是衛門の方は「計画にない」となっても何でもできるわけではない。事前に仕度していたことだけだ。薬種問屋・三峯屋には財と権力の分だけ世間体というものがある。

恐らくおしずは驚いていてまだ「飽きた」と思っていない、それだけだ。

「こういうのはどうでしょう――」

なびきは提案した。清玄は思いついていなかったのか、話を聞いて少しだけ眉を動かした。

「今、お父さまができる手助けは大きいです。藪入りまで待ってられません。清兵衛さんのためだと思ってなりふりかまわないで何でもなさってください」

なびきはそう勧めた——おしずのため、よりもこの方が清玄は動きやすいと思った。こういう真面目(まじめ)な人は謙虚すぎて我が子は二の次、三の次になりがちだ。よそさまの子のため。

きっとそういうところでおしずと散々喧嘩をしてきたのだろうけど——

なびきの言葉を聞いて清玄は考え込んでいたが、やがてこくりとうなずいた。

「やってみよう」

彼が三河町に戻る後ろ姿を見送って、鮑の桶(おけ)を土間の隅に置いた。

これは清兵衛に飲ませる薬のようなもの。中食は別に考えないと——

「ついに給仕もいなくなったねえ。ひとりぼっちで落ち込んでる？」

ただ考え込んでいただけなのに、不意に後ろからそんな声がした。

おときが柱に半分隠れてにやついていた——本人は満を持して芝居小屋の大仕掛けから飛び出してきた化け狐(ぎつね)のつもりなのだろうが、なびきはうろたえた。彼女が期待するほど落ち込んでいないことに。

「ええと……まあ一人ですけど、大変なのはわたしではないし」

「またまた、やせ我慢して」

実際、全然やせ我慢ではないが。

こんなときに何もできずに臥(ふ)せって天井をにらんでいるであろう清兵衛、娘を救いに行った清玄、いくら身体を傷つけられることはないと言っても吉原の女衒に折檻されているおしずに比べたら、小さな店を一人で回すのは——まあ、大変だがおくまに手伝ってもらえばいいだけで。今日に限って根性の悪い客が来て「何だこの店は、何もかもなってない！」と怒鳴り出したとして、「そりゃあそうですよ」としか答えようがない。

ここまで大変だと「できなくていいや」となってしまう。「だってカンさんもおじいちゃんも、病人を治してくれと頼まれたことはあっても給仕がさらわれたことはないでしょう？」と思う。

「実際、お転婆娘は元の鞘に収まって景気のいい亭主のところに帰るのが幸せだよ。ちょっと妾や隠し子がいたら何だよ」

おときのその言葉で少し心が揺れた。

——おときは是衛門側だ。彼女がおしずの通り道など教えた？

——だとしても怒るほどのことでもあるまい。おとき以外にも手蔓はあっただろう。すぐに落ち着きを取り戻す。

「何が幸せかはおしずさんが決めることです」

なびきはそう答えた。芸のない台詞だ。

「あんたもさあ、ここはあんたが必死になるような店じゃないよ。身を粉にして尽くしたって大した報いもないさ」

おときはささやいた。——それはそうだ。こんなことは必死でやるものではない。客だって来たり来なかったりなのに「このご飯はわたしの血と汗の結晶です！」と言われても胃にもたれるばかりだ。

なびきの今の気持ちをおときに何と言ったら伝わるのか、恐らくこれは諦めに近いものなのだが――

「ああ、今日必死なのはおれだからな！」

辰の声がした。

辰はいつも通り、片肌を脱いで天秤棒（てんびんぼう）を担いでやって来ただけだった――桶の中に背中の黒い魚をいっぱい詰め込んで。

一匹、鰓（えら）を摑（つか）んで持ち上げてみせる。頭から尻尾の先まで、辰の手から肘（ひじ）までの大きさ。背中は黒いが腹は白く、そのあわいが銀色に見える。目がうっすら白いのは脂が乗っている証。

「江戸前といえば鯔（ぼら）！　魚屋は鯛や初鰹を売るのが商売か、いや違う。真のいなせな男は鯔を売る！　いざってときに鯔を持ってこれるのが男の度量だ！　今日は身を切る思いで背伸びしてこいつ仕入れてきたぞ！　〝神さまのお告げ〟だ、受け取れ！」

――お告げは鮑だが。ついでに言えば粋な男を指す〝いなせ〟とは魚屋の髷が鯔の幼魚・イナの背に似ているのが語源であって、鯔を売るから格好がいいわけではない。

「出世魚で縁起がいい、海の底の泥食（は）んで滋養がある、刺身で食える鯔はこんなとこで出すの勿体（もったい）ねえ！　公方さまに献上したっていいくれえだ！　上方の公家（くげ）だって鯔は江戸の方がうまいって言うのに決まってる！　飯屋にこの鯔の刺身があったらおしずなんかいようがいまいがどうでもいい、そうだろ！　後は飯と、葱でも刻んで味噌汁作っとけ！　これが今日のお前の運命で、おれの男気こそ神さまの意志だ！」

辰は早口でまくし立てて桶を置き、腕を組んで胸を張った。てこでも動かないと言わんばかりに。横で三毛が嬉しそうにニャーと鳴いた。

「勘違いするなよ。おしずのためでもお前のためでもねえ。これはおれの意地だ！　今日、ここで鰯を持ってこなきゃ男が廃る！」

――理屈はよくわからないが辰がそう言うのならそうなのだろう。神田で魚屋の意地に逆らってはいけない。

おときが尻込みして自分の店に戻ったのは、「馬鹿を相手にするだけ無駄」と思ったのだろう。口上を聞いているだけで会話が成立しないのはわかる。

くう、となびきのお腹が鳴った。

「何だお前朝飯食ってねえのかよ。折角だ、味見しろ」

と、辰が鰯を一匹、まな板に置いて出刃包丁で捌き始めた。勝手知ったる他人の店。魚屋たる者、長屋のおかみさんが魚は苦手、と言い出したら代わりに鱗を取って頭を落としてはらわたを抜いて三枚に下ろすくらいできなければ。

朝は、いつも夜の残りのご飯を湯で洗って食べる。沸かした湯の余りに納豆売りが売りに来る叩いた納豆を入れて味噌を溶いただけの味噌汁など添える。

今日は更に辰が引いた鰯の刺身。白い身の、皮を剥いた真下だけ鮮やかに赤い。刺身は乾いてしまうので、すごく急いで〝神さま〟に供えて柏手を打ったらさっと下げる。

「こんな朝飯、お殿さまだって食ってねえぞ。朝は殿さまだって丸干し程度で、刺身食うのは漁師と魚屋の特権だ」

辰が急かすのもあって。

箸で刺身を醤油に浸けるとじわっと脂がにじむ。口に入れると歯応えがあってほんのり甘い。朝から刺身を食べる背徳感で味わいが増しているのもある。

「鯛よりおいしいかも」

お世辞ではなく素直につぶやいた。

「そうだよ。名前が鯛や鯉じゃなくて鰯だから侮られてるだけだ。出世しすぎてトドになると余計馬鹿にされる」

「鰯の名前が鰯じゃなかったらもっと褒められたのかしら」

「スバシリでもそんなに売れそうじゃねえけどな」

どさくさに紛れて辰も自分で指でつまんで食べたり三毛にやったりしていた。

「ほら、これ、鰡のヘソ。鰡はここが一番うまいんだ。一匹から一個しか取れねえ」

「魚のおへそって何なのかしら」

「まあはらわたなんだろうけど、料亭じゃこれだけ集めて焼いたりもするんだ。拝んで食え」

辰が勧める〝ヘソの刺身〟とやらはコリコリと魚らしくない歯応えがあった。きっと酒の肴として珍重されているのだろう。いかにも珍味らしい。これだけ集めて夜に焼いて出すのは理に適っていた。

辰に急かされて刺身と湯漬けの飯を食べていると、空腹が満たされて空っぽだった心も諦めではないもので満ちていく。

――今日の〝神さまのお告げ〟は鮑で、そのご利益は寝込んでいる清兵衛のもの。だからこの鯔はただの辰の意地で、当たり前の江戸前の海の実力。奇蹟でも何でもない。

〝神さま〟から神通力をいただく分、当たり前のものをよそから返す。

肺を病んでいないなびきはご飯と、一尺の鯔の切ったのを食べただけで動けるようになる。――ああ、仕方ないなあ、ちゃんとお米の立ったご飯を炊いて味噌汁を煮なきゃなあ。こんないい鯔があったら働かないわけにいかない。飯屋は商売が半分で人情が半分で、人情にはきっと自分の気持ちも入る。皆にもこの鯔を食べてほしい。

〝神さま〟が全部を決めているのではない。

これは〝神さま〟の力ではないが、これも間違いなく逃れがたい運命の一つだ。

久蔵は他人が運命を決めるのは嫌なものだと言っていたが、こういう風に振り回されるのはちょっと面白い。

「この鯔目当てにお客さんいっぱい来るかもしれないから、お昼はおくまさんに声かけて手伝ってもらいましょうか」

「あ、それ、給仕の方はアテがあるってか何てか……」

何気なくなびきが言うと、辰が何やら歯切れの悪いことを言った。

「おしずが戻ってくるかもしんねえし、ええと、ちょっと待ってろ」

――多かれ少なかれ大変な目に遭っているであろうおしずが、帰ってきたからと言っていきなり働かせるのは酷ではないか。なびきは思ったが、辰の言い方ではおしず以外にあてがあるようだった。自信満々に鰡を持ってきた辰の立て板に水の話しぶりがここに来て澱んだ。

無理に問いただすのもよくないと思ってなびきは羽釜で米を研ぎ、飯を炊き、葱の汁を作って淡々と商売の仕度に励んだ。鰡の刺身にぶっかけるなら味噌汁より鰹節と醤油で濃く作った蕎麦つゆのような汁に梅干しを入れて漉したものだ。葱は煮込まず刻んで後から添える。

辰は鰡の鱗を全部取って三枚に下ろしてしまうと、自前の出刃包丁を砥石で研いだり一人で壁に向かって逆立ちしたりしていた。彼が飯や汁をよそって金勘定をしてくれるならそれはそれでありがたいのだがはっきり言わない。

辰の言う〝給仕のあて〟が現れたのは昼の少し前、葱を刻んでいるときだった。

「おしずちゃんが帰ってきたぞ!」

まだ店を開けていないのに、駕籠舁きの鶴三が顔を出してそう言った。なびきはびっくりして包丁を持ったまましばしあたふたとして、落ち着いて葱を切ってしまってからにしようと考え――

笠をかぶった虚無僧が店先に立っているのを見て、今度こそ包丁を落っことした。

4

「いやあおしずちゃん、無事でよかった！」

亀吉が隣でそう言うのだが、虚無僧はうなずくものの声を上げて返事をすることはなかった。笠も取らない。

――おしずはときどきこんな格好をする。確かにそうだ。そうだけど。

「いやあ本当によかったよかった！」

――これまた、辰があからさまに棒読みで言って両手を挙げた。

「ということで今日はいつも通りおしずが店を手伝う！」

「え……ええ……？」

なびきはどうしていいのかわからない。とりあえず、葱を切らなければ――

と、鈴の音がした。久方ぶりのこれは、道維の――

それを聞いた途端、おしずもどきの虚無僧が鶴三と亀吉の間をすり抜け、往来に飛び出した。

「ここまで来て逃げるか⁉」

喚いて、辰が後を追う。鶴亀も続く。

「泥棒！　泥棒！　そいつ捕まえてくれ！」

辰の声がして、

「捕まえるってこいつか！」

野太い声が返事した。声の主は恐らく、この辺を縄張りにする同心の小者の大寅――しかしすぐに捕まらなかったらしい。そのまま、誰も帰ってこない。

――何なのだろう、あの人たちは。さらわれたおしずが帰ってきたのではない、それだけは確かだ。清玄が一緒でないし――虚無僧はないだろう。辰は何を考えていたのか。

「……何か騒ぎになっているが、悪いことをしたのだろうか」

戸惑いながら道維が入ってきた。なびきはやっと包丁を置き、戸惑いながら微笑む。

「さあ……辰ちゃん最近変だから。多分道維さんが気にすることじゃないですよ。久方ぶりですね？」

「不義理をしてしまったな。実は少し寝込んでいて。もう治ったが」

と語る道維の顔は見るからにやつれた。しかし髭を綺麗にあたって、そのわりに髪はいつも通り長いぼさぼさの蓬髪をまとめただけだった。髪結床に行ったら一緒に丸剃りにしてもらうものではないだろうか。僧の頭を剃るのは寺の者？　決まりがあるのか？

「やっぱり風邪を引いて小石川に？」

「小石川ではなく――さる寺だが、実は野拙、いろいろあってここを去ることになった」

「あら。四国のお遍路に戻るんですか？」

「そうではないが二度とここに来ることはないだろう」

彼は寂しそうというよりはまぶしそうに目を細めてそう言った。

「最後に挨拶をと思ったが、今日はなびきさん一人か？　他に誰もいないのか？」

「はあ、実はおしずさんが……家の事情で今日はちょっと」

――嘘は言っていない。おしずが元亭主にさらわれたなんて話、道維の信心を大いに乱しそうだ。法力で助けてもらおうとはあまり。

「ならば野拙が手伝おう。功徳でなくて済まぬがこれまでの恩返しだ」

「そんな、お坊さんに給仕をさせるなんて」

「寺では僧が僧に飯をよそうのが当たり前。賄いも僧の勤めだ。おしずさんのような看板娘とはいかんが」

道維がこう言うのだから、今日は辰が下ろした鰡をなびきが引いて刺身にし、飯と汁と漬け物をよそう給仕は道維ということになった。――得体の知れない虚無僧に頼むよりずっとましなので。蓬髪に手拭いを巻いて袈裟を外して墨染めの袖を軽く襷でまとめて、前垂れを着けてもらう。

袈裟を外すとき、彼は守り刀の袋を懐に納め直した――いつぞや、菩提寺に奉納すると言った長男の守り刀だ。なぜ持っているのか――

尋ねようとしたとき、

「なびきちゃん、精が出るねえ」

おくまが声をかけた。裏長屋から夫を連れてやって来たところだった。おくまは襷をかけて働く気満々の道維を見ると目を細めた。

「あれ、道維さん。聞いてた話と違う」

「〝聞いてた話〟って何ですか」

なびきが聞き咎めると、

「いやあ、ええと、御坊、久方ぶりだけど正月はどうしてたんだい！　心配したんだよ！」

おくまは露骨に話を逸らした。何やら格好の悪い事情がありそうだが、大人の隠しごとを詮索するのはいかがなものだろうか。

やがて昼飯時になり、辰の鯔の刺身は人が集まって盛況に売れたが、墨染めの給仕を見ると知り合いは皆、

「……聞いてた話と違う」

とモゴモゴ言った。仏僧のよそった飯を食う気になれない、というのも違うようで何やら皆揃って歯切れ悪くごまかしては、道維がこれで最後と言うので取って付けたように名残を惜しんだ。道維は四国でも店番をさせられたことがあるのか、思ったより手際はよかった。

さて辰はともかく、鶴三と亀吉の分の刺身を残した方がいいのだろうか。謎の虚無僧は。だとしたら道維に精進味噌汁を作って、今日の中食は終いだ。暖簾を外す。

「結局、道維さんには豆腐しかふるまいませんでしたね」

暖簾を片づけながらなびきはひとりごちた。

「葱も納豆もいただいたが」

「いえ、うちの〝神さま〟のご加護です。うちにはそういうのがあるんですが御仏の道を進む方にはあまり〝神さま〟の助けはいらないのかしら」

久蔵が慌てて去ったわりには——道維のせいではないのだが。

「さて神のご加護はわからんが、野拙にはありがたいものであったよ。江戸を離れて九年、うつろだった心を満たして力をくれた」

道維は客が帰った後の床几を拭きながらそう言った。

「この店の飯を食うと生きる気力が湧いてくる。八十八ヶ所を巡っていたのは、逆打ち遍路を行うと死んだ子が蘇ると小耳に挟んだからだ。——そんなものはおとぎ話だったがな。四国にいた頃の野拙は必死に霊場を巡っていたが、生きているだけのこの身を持て余して苦行に挑んでいた。室戸岬から浄土を目指すべきなのにそれができない己を責めるばかりの九年であったよ」

——室戸岬は四国の最南端で、補陀落渡海の聖地なのだそうだ。高徳の僧が船で海の向こうの浄土に向かってじかに漕ぎ出す。

南の海の彼方にあるのは観世音菩薩の住まう南方補陀落世界。だから南海に面した熊野や室戸岬から漕ぎ出すのが正式な作法だが、きっと九年前——正月を跨いで十年前の永代橋もそこにつながっていた。

大川は全然南向きではないし江戸前の海から浄土は遠すぎるが、そう思うしかないではないか。江戸から急に消えた千四百人。皆、海を渡って観音の御許にいるとしか。

彼の妻子も。

「――いくら功徳でも駄目ですよ、自分で命を縮めるなんて」

なびきは当たり前のことしか言えない。

「そうだな。こうなれば命を捨てるなどできはしない。永代橋で失ったものは永代橋から取り返すしかないのだ。人として生きるならば」

道維はつぶやいた。己に言い聞かせるように。

「人は生き返りません。どんなに願っても」

「ああ、おとぎ話などでは。もっと他になすべきことはあった。――なびきどのは兄に憎まれているのが怖いか」

ふと道維が尋ねた。なびきは虚を突かれた。

「……会ったこともないので考えたこともなかったです。今生きているかどうかも。三年前まで吉原にいたらしいですがその後どうなったかわかりませんし」

憎まれている？　何のことだろう。

「そうか。捜すのが気が進まないのは、怖いからなのかと」

「いえ、それは大した理由ではなくて――どっちかというと恥ずかしいというか――」

――お兄ちゃんを捜しているって、あなたに言ったことないような気がするけど――

なびきが言おうとしたとき、ドカドカと騒がしく、誰かが下駄を鳴らして走ってきた。

角張った男の下駄ではないが、遠慮もしとやかさもないこの足音。一人しかいない。息を切らして駆け込んできたのは当然、おしずだ。

5

おしずは髪を振り乱して、白い綿入れの小袖を着て、紐みたいなものを帯の代わりに腰にくくって、昼間でなければ丑の刻参りかと勘違いするようなみっともない姿だった――丑の刻参りとは全然違うのだが誰かを呪い殺すような形相だ。大体予想通りだったのでなびきは驚かなかった。

「なびきさん、着物貸して！」

「はあ」

助かってよかったと感動の再会で互いに抱擁するでもなくおしずは二階に駆け上がった。

「立て込みそうだな。では野拙はこれにて。おしずさんはあまり野拙を好んではおるまい」

道維が一礼し、襷と前垂れを外す。

「何かすみません」

「娘同士、仲よくな」

道維に別れの言葉を言う間もなく、なびきは少し先の古着屋で一番安い紺の小袖と帯を買ってきて二階のおしずに差し入れた。

おしずが自分で髪を梳いて結って着替える間、なびきは道維と入れ違いにやって来た清玄に玉露を淹れることにした。

清玄もなかなかに袴の裾を乱して土埃だらけで、腰に帯びているべき大小の刀を摑んで息を切らして床几に腰を下ろしていた。走って血の巡りがよくなったからか、朝に鮑を持ってきたときより血色がいい。

「なびきさんの言った通りになった。心配をかけた」

「いいえ、大変だったでしょう」

なびきは言うだけならただ、だ。実際に行動しなければならない清玄とは違った。

是衛門はどうやっておしずを閉じ込めているのか。

女房なのだから堅牢な蔵や牢に永遠に閉じ込めはしない。荒縄で縛ったり手枷足枷を嵌めたり、では厠に行きたいと言い出したときに大変だ。女房の手足に痕がつくのもよろしくない。

一番手っ取り早いのは、着物を脱がせて外に出られなくする――父親には言いづらいことだが。吉原で遊女に仕置きするのに腰巻き一枚にするのはそれ自体が折檻なのもあるだろうが、きっと外に逃げにくくするため。

いくらおしずが破天荒でも夜中に裸で外に飛び出せない。

だがこの策には穴がある。

裸に剝いた女の世話をするのは誰か――精強な男には任せられない。女ということになる――隙が空く。

なら、父親が着物を差し入れてやればいい。

加えて今は冬場。いくら炭を焚いたって裸では寒い。遊女なら多少風邪を引いてもかまわないが、いずれ亭主の跡継ぎを産む嫁は身体を冷やすと子を授かりにくくなる。

いくら妾が子を産むといっても正妻が産んだ子の方がいいのに決まっている。二度も子が流れたお春は跡継ぎを上げられるとは限らない。女の子だったらおしずに次を産んでもらわなければ。

清玄は十分に明るくなってから「寒い日が続く。これは死んだ妻の形見、ぜひ娘に着せてやってくれ」と断りづらい名目で正面玄関から温かい着物を差し入れて、おしずの分の履物を持って家の近くに潜んで、おしずが勝手に飛び出してくるのを待てばいい。着物さえあれば彼女が自分で脱出方法を思いつく。

男の助けがあれば逃げられるものだ。

なびきの考えた理屈はこうだが、現実はそう簡単にはいかなかったらしい。

おしずは清玄の差し入れた白い小袖を羽織って飛び出したものの、帯がない。清玄は差し入れだけして帰ったふりをするのに、いつも連れている荷物持ちの小者などを帰してしまっていた。

なので清玄が二刀を帯びるのに使っている角帯を貸しておしずの腰をそれらしく結わえて、清玄は刀を手で持って――

「ここまでみっともない格好で逃げてくるのは生きた心地がしなかった、あれのためというだけではくじけていた」

清玄は肩を丸めて一連の出来事を説明し、玉露をすすった。――やはり、よそさまの子の清兵衛をひどい目に遭わせた償いなのだと念を押したのが正解だった。多分清玄はまた白髪が増えた。着物で見えない腕の毛まで白くなっているのだろう。

「これから鎌倉の駆け込み寺に行くんですか？」

「いや。あちらの大女将の泰子どのが、昨日から木挽町（こびきちょう）で新春の曽我物（そがもの）を見ている。うちの弟子に手紙を持たせて芝居茶屋に行かせた。大女将はうちとの縁談を渋っていたから、自分の留守中にこんな見苦しいことになっていたらさぞ怒り狂って離縁状を書けと是衛門どのに迫るであろう」

――ええと。大女将の泰子は、孫を是衛門の嫁にしたい人。なるほど。清玄も多少はややこしい三峯屋の事情を知っていたわけか。

「恐らく是衛門どのも大女将の留守を見計らってこんなことをしでかしたのであろう。あちらも無謀な話だ。大女将が芝居から帰ってきたらどうするつもりだったのか――」

間の悪いことに、そこに更に賑（にぎ）やかな下駄の音が帰ってきた。

「おしずが帰ってきたぞ！」

辰と鶴三と亀吉と、小者の大寅が、縄でぐるぐる巻きにした虚無僧を四人がかりで胴上げするようにして連れてきた。

彼らは店に清玄がいるのを見て凍りついた――事情を知らない大寅だけが勢い余って前に出てたたらを踏み、「お前ら、止まるなら言え」と文句を言った。

「確かにおしずは帰ってきたが……そちらは？」

清玄がうさんくさそうに一行を見つめる。

「いや、あの、ええと……」

辰はしどろもどろだ。

「何でおしずさんが増えるんですか。誰なんですか」

なびきも尋ねた。

「――『二人静（ふたりしずか）』の趣向だからだよ。静御前は人気だから二人出てくるくれえでいいんだ。魚屋お前、人情義太夫節（ぎだゆうぶし）書くの下手くそだな。芝居に向いてねえ。おいらのがよっぽど泣かせるの書くぜ。牛若丸がやりたきゃ学問もやれ」

聞き慣れない声が答えた。

聞き慣れないが忘れない声――まだ少年で若々しいのに年寄りのようなすきっ歯で聞き取りづらい。

口が閉まらないからだ。

その声を聞いただけでなびきは腰が抜けてしまい、土間にへたり込んだ。

「わ、わたしその人嫌い。どうして連れてくるの」

つい口をついて出た。

「だとよ。別にこっちも好いてくれと頼んだ憶えもねえや。へえ間抜けの皆さん、お疲れさま——」

縛られた当人は飄々(ひょうひょう)としたものだったが、下の鶴三と亀吉は顔を見合わせた。

だがそれ以上に。

「嫌いなんて言うなよ！」

まるで辰の方が嫌いと言われたように泣きそうな頼りない顔をしていた。

「皆、師匠を下ろせ！」

辰の合図で、四人は虚無僧を下ろして地面に立たせる。辰はその笠に手をかけ——

「やめて、その人の顔を見ないで！」

なびきは叫んだ。目を手で覆いもした。

「いや、とっくり見ろ、なびき」

だから辰が笠を取って火傷(やけど)の少年の顔をあらわにしたとき、彼がどんな表情をしていたか見ていない——

「お前にそっくりで古い火傷があって——どう見たってお前の兄ちゃんじゃねえかよ！」

芝居ならここで、紙吹雪が舞ったのに違いない。

6

お涙頂戴のきょうだい再会の筋書きはこうだ。

棒手振りの辰が昨夜から、ない知恵を絞って考えた、お涙頂戴のきょうだい再会の筋書きはこうだ。

——おしずがいなくなって気が弱っているなびきのところに、鶴三と亀吉がおしずの格好をした真蛇の夜一を連れてきて、おしずの代わりに店の手伝いをさせ、言葉ではわからないきょうだいの絆を確かめ合ったところで笠を取って中身をばらし、二人、泣きの涙でひしと抱き合う。真蛇は声を出したらおしずでないことがわかってしまうので周りの皆であれこれ助け船を出す。以上。客もそのつもりで仕込んでおく。

なるほど、辰が芝居の座長を務めるのは無理だ。筋書きの上では一番どうでもいい、辰が鯔を持ってくるところが一番よかった。そこしか実現しなかったのだが。辰は自分はなかなか達者な役者だったが、他人に演じてもらうつもりが全然なかった。

「なびきは最近、根性がひねくれて話しかけづらいからひと芝居打ったくらいの方が盛り上がるかと……あの右と左の区別もつかないとんまの坊主さえいなきゃ……」

辰は悔しがっていたが、道維がいなかったらうまくいっていたとはとても思えない。

「……辰ちゃん、〝右も左もわからない〟って世間のことに慣れてないって意味で、本当に右と左がわからないわけじゃないですよ」

武家は左に刀を差して右手で持つので厳格に躾けられているはずだ。

「いやあいつ、左肩に〝左〟って彫物入れてんだから相当の間抜けだぜ。最初見たときびっくりした」

——武家に彫物？　不思議なことを言う。そういえばおくまが道維の着物を剝いだから、あのときなびきとおしず以外は皆、彼が着替えるのを見ていたのだった。

「夜に義経役が控えているおいらが魚屋の書いた本で昼間に静御前も演じるたぁいつの間にか千両役者になったもんだな。八面六臂の大活躍だ。誰か二枚目におひねりの一つも投げろよ」

真蛇はもう逃げないので荒縄を解かれて素顔のままで床几に腰かけていた。彼のために、辰はひとっ走り屋台の汁粉を買ってくることになった。

辰がいなくなった途端、鶴三が声をひそめてなびきに説明し始めた。

「ほら、おしずちゃんと女ばかりで吉原に行った日。あの日にふらっと師匠がここに来て——師匠って辰が呼んでるんだけど。何かつまんねえ破落戸に因縁つけられて、このなりでひょいっと宙返りしてあしらって。それを見てた辰がやれ牛若丸だ鬼一法眼だ両国の何とかの芸人より技の切れがいい、弟子入りしたいってこちらを拝み倒して、逆立ちで歩けるようになったら宙返りを教えるって話になって」

「辰ちゃんそんな理由で逆立ちの練習してたんですか⁉」

——そういえば、あの日、この店には赤ん坊にでも食べさせるのかというくらいに細かく刻んだ小鰭の鮨の残りが——

「あいつ、手前が兄貴と揉めてるからなびきちゃんにはうまくやってほしいんだよ」

「そ、そんなの勝手ですよ」

なびきは咄嗟(とっさ)に言い返したものの、このところ不機嫌を隠しもしなかった自分のことを顧みると落ち込んだ。辰にまで気を遣わせた。彼はどさくさで生き別れてしまったなびきと逆で、そこそこ大きくなってから歳(とし)の離れた兄に出て行かれて、普段は平気そうだが傷ついていた。

——このままではおしずと仲直りする前におしずが兄を見つけてしまうと思ったが、辰の方が先に見つけていた。

「師匠、こちらを！　水入らずでじっくりきょうだいの絆を味わってくれ！」

そして汁粉を二杯買ってきた辰は、鶴亀だの大寅だの、ついでに小堀清玄まで店から追い出し、自分も握った拳(こぶし)を真上に突き上げて謎の気合いを入れた。

「なびき、うまくやれよ！」

何をだ。

辰自身も去って誰もいなくなると、真蛇は汁粉の椀(わん)から餅を箸で引っ張り出し、「やる」となびきの椀に入れて、小豆だけちびちび飲み始めた。閉まらない口の片側を手で押さえて。

「うまくねえやつにうまくやれって言われてもな」

——十一年前、大火で両親ともどもはぐれた兄。当時四歳のなびきは〝タキチ〟か〝タイチ〟か〝サキチ〟だと思っていたが、彼の名前は〝夜一〟——

「……わたし、あなたに〝嫌い〟って……」

なびきはその言葉を繰り返すだけで胸の中が苦い。

「好かれることとした憶えがねえからな。飴(あめ)一つ買ってやってねえ。お前チビの頃からおいらが嫌いだったの忘れたか」

だが真蛇はあっけらかんとしたものだった。床几で真横に座っていると、火傷が見えず少年らしいあどけない顔だけが目に入り、そこは確かになびきに似ていた。

「親兄弟で憎しみ合うの、人並みだろ。おいらみてえなの好かれる方が気色悪いぜ。魚屋は気色が悪い方だ」

「ならあなたはどうしてここに来たの？」

「おいらも二度と来る気はなかったのに、近頃暇にしてるといつの間にかここにいて次々変なやつに声かけられて……調子が狂う。だから無理矢理用事作って忙しくしてんのに、よりにもよって一番忙しい日に駕籠舁きに捕まって……」

真蛇はため息をついた。

——それは恐らく、なびきが一度食べさせたご飯のせいで〝神さま〟の神通力に引っ張られるようになった——お節介は〝神さま〟から始まっていた。

「忙しいって、また何か悪いことしてるんですか」

「まさか。たまには人助けもするさ。おいら最近、人情に目覚めた」

どうだか。

なびきが汁粉の餅を食べていると、真蛇が言った。

「かわいい妹。芝居は見たことあるか」

「土間席なら一度」

「客の方じゃねえか、上等だ。おいら出方で黒子の格好して菓子売ってたぜ」

芝居は芝居を見ながら食べる幕の内弁当やお菓子も楽しみのうちで、出方という係が客席を回ってそれらを売り歩く。

「出方のおいらが義経張るとは大出世だ。今どき義経なら何でもいいやつが多いから、弁慶が二枚目ならおいらみてえな際物までアリらしいぜ」

「お芝居出るんですか」

なびきは突っ込んで聞いてみたものの、恐らく何かの冗談だ。芝居小屋で働いていたらこんな時間に暇なわけがない。

「芝居好きのばあさん、封切りから二回続けて見て千秋楽にもう一回で同じ芝居三回見るらしいぜ。ならちょっと趣向の変わった『勧進帳』見てもらおうと思ってよ」

「三回ってすごいですね」

「年寄りだから話忘れんのかな。――近松門左衛門の『傾城反魂香』って反魂というものの女が生き返る話じゃねえんだよな。どもりの絵描きがどうとか。芝居の筋書きはわかりにくいったらねえや」

「〝反魂香〟が元々、死んだ女の人の影しか見せないようなものなんですよ。人を生き返らせる秘薬なんかじゃない」

「そんなんばっかだから魚屋がぬるいお涙頂戴書いちまうんだ。おいらが座組組めば芝居で死人が蘇るぜ」

「それじゃ何でもありですよ。死んでもまた出てくるからいいや、じゃ泣けない」

大体なびきは読本ならともかく人の死ぬ芝居で泣くのがよくわからない。役者が生きていて死んだふりをする話、と思うとひどく醒めてしまってのめり込めなくなる。すぐに別の衣装で出てきたり、上客に挨拶したりしていればなおのこと。読本も「実は生きていた平家の武将がやっぱり死ぬ」と言われたら何が何だか。

真蛇には別の見解があるようだった。

「生き返らせて更に泣けたら死ぬとこと生き返らせるとこと二つ見せ場ができるぜ。客が喜ぶならそれでいいじゃねえか。兄ちゃんの義経、かわいい妹にも見せてやりてえとこだが、生憎と桟敷にしか席がねえ」

「かわいい、っていうのやめてください。——吉原にいたことあるんですか。甲賀三郎って」

「おお、物知りじゃねえか。その名は縁起がいいから人にやっちまったがな。吉原は何でも大袈裟なんだよ。——蓼科の甲賀三郎は地底で蛇の姿になって、嫁を取り返しに行くのさ。蛇は皮脱いで何度でも復活して、観音堂の床下で人に戻る。たまに嫁の方も蛇になって泣き別れする話もあるが」

「――あなたってわたしのこと、憎んでるの？」

ふと尋ねた。真蛇は鼻で笑った。

「お前みてえなちんけな小娘、本気で憎んで嫌がらせしたらおいらが阿呆みてえじゃねえか。こんななりでも男の意地くれえあらあな。兄貴に気ぃ遣うならもっと憎たらしい顔しとけよ。間抜けの魚屋とつるんだ飯屋の娘なんか恨んでられっか」

――それはなびきの不徳。

前に会ったときの彼の方が素直に憎悪を口にした。どうしてお前は橋の下で寝起きしていないのか、と。

憎しみが続かなかったのは、なびきの方の器量が足りていなかった。

憎まれてすらいないから、許される機会も失った。

たったそれだけだ。

階段が軋(きし)んだ。

「――あのさァ。アタシもソイツに話あるンだけど」

とうに着替え終わったおしずが、出る機を逃してずっと二階にいたのが、今下りてきた。

「犬のオモチャはいつ持ってくの？」

「もうどうでもいいな」

おしずに聞かれて真蛇が答えた。

「あのときがどうかしてたんだ。――こいつもどうかしてたな。何でお前の友達は女のくせに虚無僧の笠なんかかぶって？」

――そういえばおしずがいつぞや、虚無僧の笠で泥棒を追い返して――

なびきはめまいがした。

おしずは吉原に行く前から〝蓼科の甲賀三郎〟に出会っていた。それはなびきが薄情者に見えるだろう。喚いて暴れもするだろう。何だか無性に恥ずかしい。

が、真蛇の憎悪が機会を逸したようにおしずの方も機会を逸していた。既にそういう段階ではなかった。

階段を駆け下りると、彼女は裸足のまま土間に降りて真蛇に摑みかかろうとしたが、真蛇は床几を立ってぬるっと躱した。まさに蛇のように。

「逃げンな卑怯者！」

「むしろ恩人だろう？　お前こそおいらに感謝して何かおごれよ。おいら酒は飲まねえから甘いものでな」

そのまま、店の中で二人、追いかけっこを始めた。おしずはかなりの手練れで、真蛇は片目が塞がっているのに汁粉の椀を持ったままでぬるぬる避けて当たらない。

「ええとおしずさん、こんな人でも殴るのはよくないですよ。……うちの〝お兄ちゃん〟を殴りたくなるような何が……」

なびきはその言葉を口にするのに少し力まなければならなかったが、おしずはそれどころではなかった。

「コイツ、ゆうべアタシを裸に剝いて縛って羽根でくすぐりやがった！」

おしずは真蛇を指さし、なびきはそれを聞いて愕然としたが、真蛇は平然としたものだった。

「知り合いのよしみで襦袢(じゅばん)残してやったろうが。裸にはしてねえ。逃げる手管も残してやったろうが。おいらが目を離したからお前、今ここまで逃げてこられたんだろうが」

――吉原の女衒上がりのチンピラ――

――縁起物だと楼主に引き取られたものの幇間の師匠には気に入られないで――

「是衛門が見に来たときだけくすぐるフリして、残りは片手間に本なんか読んでやがった！」

「真面目にやった方がよかったってのか。吉原の〝くすぐり〟は遊女がへど吐いて身体攣(つ)って悶(もだ)えるまでやるもんだ。今、お前が口利いてられんのはおいらが手抜きして遊んでたおかげ」

「え……〝亭主に従順なしおらしい女房に躾け直す商売〟ってあなたがやってたんですか」

あまりのことに、なびきは声が笑ってしまった。

真蛇は左頬の傷に触れた。

「おいらのこのツラは便利なところもあってな。この顔だと男は誰も女房寝取られると思わねえから、二枚目には任せられねえ仕事が回ってくる。女ばっかの場所で男の力が必要なときに重宝だってんで一時吉原にもいたが、世間の狭いとこで思い込みの激しい連中に振り回されておいらばっか疲れるから馬鹿らしくなってよ。寺も吉原も色狂いの多さじゃ変わらねえ。顔に自信のない男に好かれるのは取り柄だ。男は男前が嫌いなもんだよ」

「アタシも男前は嫌いだがアンタはもっと嫌いだ！　根性悪！」

おしずが喚いてもきっと真蛇はこれ以上微塵も反省しない。

「お金には困ってないはずなのに、どうしてそんな商売を」

「暇にしてるとこの店に来ちまってよくねえから、おいらなりに世のため人のために役立とうかと」

「人情に目覚めて人助けを始めたって話は」

「人助けでお前の友達があんまりひでえ目に遭わねえように加減してやったが？　おいらじゃなかったら死なない程度に繰り返し水に顔浸けて半殺しにされてたぜ」

なびきが問い詰めてもこのざまだ。

「おしずさん、この人を殴って説教するなんて無理だから諦めましょう。あなたには他にやるべきことがあります。過去は変わらないし、人間、前向きに生きた方がいいです」

きっぱりとなびきは切り替えることにした。一緒に汁粉を食べて、辰への義理はもう果たした。ちょっと話し合ったり殴り合ったりでそうそう他人同士が理解し合えることなどないのだ。

「過去が変わらないってのはお人好しのお前がやり方知らねえだけだ。おいらなら望み通りの過去、ひと山いくらで売るぜ」

真蛇のたわごとはともかくとして。

「アタシがやるべきことッてたとえば何？」

「鮑の料理を憶えて、寝込んでいる清兵衛さんに食べさせてあげてください。あんまり待たせると鮑の方が駄目になります」

それはまだ厨房の隅に桶ごと置いてある。

鮑は凍えているかと思ったが、水の中でまだ足が少し動く。足じゃなくて舌？　殻が片方しかなくて裏返すと茶色い肉がうごめいているだけで、弱点が丸見えなのはいかにも心細い生き物だ。ひっくり返すような人がいない海の中ではこれでもいいのだろうか。蟹(かに)や鮫(さめ)が相手なら殻が片方だけでも耐えられるのだろうか。

清兵衛の名を聞いて、鬼のようだったおしずの顔が和らいだ。

「清兵衛、寝込んでるの？」

「肺腑(はいふ)の病がぶり返してひと月ほど寝つくそうで。滋養を摂ってじっとしているしかないから、必死でお父さまがお高い鮑をかき集めて」

「鮑って煮付けるの？　アタシには難しいンじゃないの？　鮑なんてお殿さまが食べるものでしょ」

人が相手だと傍若無人なおしずだが、魚介類の薄気味悪いのを前にすると腰が引ける。

「上手下手はあるでしょうけど大失敗はしない料理です。よく見ていてください。——鮑の一番おいしくて精のつく食べ方は、こう」

なびきが用意したのはすり鉢とおろし金。

なびきはしゃもじを鮑の殻に差し込んで身を剝がす。はらわたを破らないように気をつける必要はあるが、鰡を捌いてヘソを取り出すよりは簡単だ。

そうして身だけにするとおろし金に当て、貝の肉もはらわたも何もかもひと思いにすりおろす。勢いよく。きっと切り立った断崖を飛び降りた鮑たちも勢いだけだった。

「え……エーッ」

おしずが声を上げてもかまわずに。

そんなに大きなものではないのでおろし金で丸ごとすりおろし、すり鉢で混ぜて出汁で溶きのばして塩で味を整える。

見た目は非常に悪い。灰色の泥だ。真っ白な大根おろしと違って緑や茶色の色味が混ざったところがある。

この料理のこつは徹頭徹尾、深く考えないこと。

「病人には固いですからね、鮑。刺身にしろ焼くにしろ歯とあごの強い人が食べるものです。こうしてしまえば滋味だけになります。すり鉢で肝と身をよく混ぜる。味が濃いのは肝なので」

「……病人にすって食わせてやるのッて梨なんじゃないの？」

「なら梨も後で別に食べさせてあげてください。おしずさんの心をこめるのに意味があるんです。わたしじゃ駄目。おしずさんが病が治るように祈りながら鮑をすりおろして、お匙で清兵衛さんに食べさせてあげる。この世に朝鮮人参より効く薬があるとすればこれだけです」

「そりゃ、精はつくンだろうけど」

信じる心があれば、〝ご飯の神さま〟が薬の力を何倍にもしてくれるだろう。今日すぐに元気になるのは無理でも、ひと月寝込むところが十日くらいで済んだりするだろう。

「減ってくると最後の方、持つところがなくなっておろし金に当てるのが難しくなるから次の鮑を押しつけて一緒におろすんです。殻から外すのだけここでわたしがやっておきます」

しゃもじを持つなびきは、おしずからは冷血な処刑人にでも見えるようだった。

「……惨いよ」

「料理なんて大体惨いものです。あの人を長生きさせたかったら、もう振り回しちゃ駄目ですよ。鮑と一緒にひと思いにとどめを刺してあげなきゃ。何だかんだ言いわけしていつまでも気を持たせる方がよっぽど惨い」

なびきはそう思う。

おしずはぽかんとしていたが、珍しくしおらしくうつむいた。黙っていると彼女は可憐な美少女だった。ただ鮑をおろすのが怖いだけでも。

おしずが心をこめて鮑をすって食わせたら、鮑が苦しんだ分、清兵衛の病と一緒にせつない片恋の痛みも消えて彼はもう叶わない夢を見なくなる。

片思いなんて身体に悪いのに決まっている。

鮑を全て殻から外すと、なびきはふと思い立ってすり鉢の泥のようなものをひと匙、すくって真蛇に差し出した。

「味見しますか」

「……おいらが？　殿さまの薬じゃねえのか」

「だからこれを逃すと一生味わえません。すぐ飲み込まないでよく味わってみてください」

辰が歯の悪い人に食べさせる柔らかいものを考えてくれと言ったのは、彼のためだ。傷のせいで口がきちんと閉まらず、食べものがこぼれ落ちてしまう。

吉原でも粥やら豆腐やら卵やら、嚙まなくても食べられるものばかり食べていた〝蛇〟の男。

真蛇は首を傾げながらも匙を受け取り、口に入れ――

顔の左側は傷のせいでほとんど動かないが、右側はひどいしかめっ面になった。

「なん……お前、これ病人に食わせたら死ぬんじゃねえか。お殿さまのご馳走？　これが？」

彼は少し咳き込んで、水甕に飛びついて柄杓で水を飲んだ。慌てて水を飲むと口の閉まらない左側からどんどん漏れて、着物の胸許が水浸しになる。

「……何か、アッチには評判悪いけど」

おしずが怪訝(けげん)な顔で見ているので、彼女にも一匙渡す。おしずはおっかなびっくり匙を口に入れ――

「アレ。悪くないよ。ほろ苦いけど貝の味で元気になりそう。お高いだけある」

おしずは顔から力が抜けた。

なびきも少しだけ味見したが、磯の味が凝縮されて複雑な旨味(うまみ)が絡まり合う。鼻血が出そうなほど濃厚だ。

「苦いならお酒も飲ませてあげてください。酒の肴だから磯臭いのを辛口のお酒で洗い流しながら食べると丁度いいです。病人にお酒っていいのかわからないけど、枡(ます)に一杯なら百薬の長なんでしょう」

「何でアッチは百面相して苦しんでるの？」

「魚や貝のはらわたの苦い味、食べ慣れてないんでしょう。苦いのは子供の頃から練習しないと〝おいしい〟って思わないんですよ」

なびきがわざわざ肝の苦いところを選んだのもある。

恐らく真蛇にとって「おいしい」はベッタリと甘い汁粉や優しい味つけの卵料理。人生の大半、豆腐に醤油をかけた程度のもので済ませてきただろう。

黄粉(きなこ)と黒蜜(くろみつ)をかけた玲瓏(こおり)豆腐は彼にこそ必要だ。あまり噛まなくていい、甘いもの。口に押し込んで飲んで、食べやすい。

片恋の切ないほろ苦さなんて彼には十年早い。

「そのうち〝かわいい妹〟が〝お兄ちゃん〟に飴買ってあげましょうね。甘酒がいい?」

真蛇は返事もしなかった。

四話　父の思いの鯉濃醤(こいこくしょう)

1

雪の少ない冬だった。その日は寒さが緩み、このまま春になってくれればと思うが、春分までは油断できない。

卵をたっぷり抱いた白身の鰈(かれい)の煮付けに針生姜(はりしょうが)を添えたのはそろそろ食べ納めか。鰈は卵を産んだらどっとやせてしまうので海水が冷たいうちのお楽しみだ。暖かくなるのを待っている子持ち鰈には気の毒な話だが。煮汁でもご飯が食べられる。

その鰈があらかた売れた頃(ころ)に小堀清玄がやって来た。当然、おしずに話をするためだった――この親子は同じ家に住んでいるはずなのに、なぜかわざわざ煮売り屋〝なびき〟で顔を合わせる。いや、なびきにも同時に話を聞かせてくれるのだから気遣いなのだが。

座敷で他の客がいなくなるのを待ってから、清玄は切り出した。

「三峯屋の大女将(おおおかみ)の泰子どのは七十で耄碌(もうろく)したのかもしれん。先ほど会って話をしたが、わけのわからないことになってきた」

差し向かいに正座したおしずも緊張して背を伸ばした。

「まさかアタシの離縁状書いてくれなかった？」

「いや、お前の離縁状はもういただいた、これだ」

清玄は三つ折りの紙を懐から取り出した。おしずは広げてじっくり見ている。はたに立っているなびきは人様のこういうのをあまり見てはいけないかと目を逸らした。

「そちらはしかと検めた。安心せよ。めでたく後家だ」

「ジャ何が？」

「こたびの騒ぎの責めを負って是衛門どのを寺に入れ、出家させると。大女将自ら剃刀を持って是衛門どのを追い回して髷を半分切ってしまったらしい」

「ソ、ソコまでしてくれなくていいよ。離縁状くれたし、気色悪いから二度とアタシに近づくなッてだけで、店出て坊さんになれなんて」

おしずの声も動揺した。彼女は離縁状を元通りに折って父に押し返した。

頭を丸めて仏僧になるのは、死ぬのと同じだ。浄土真宗以外は妻帯できず、寺にこもって一生、精進料理を食べて暮らす。是衛門は大店の若旦那で失うものが多すぎる――

「アイツが坊さんなんて真面目にやるわけない。寺の迷惑だよ。アタシだってそんなの嬉しくないし」

「お前のためではない。是衛門どのは商売敵の和泉屋に謀られたのだ」

「和泉屋？」

「長らくあちらと競い合っていた薬種問屋だが――〝吉原の女衒上がりが女房を折檻して

躾け直す〟という商売は世の中にないらしいぞ」

「ハァ？　アタシを捕まえたヤツは幻だったとでも？　縄までかけられたのに？」

おしずは清玄こそおかしくなったのではないかとうさんくさそうに尋ねた。

「そうではなく――そのような商売をしていると是衛門どのに思い込ませ、己を売り込んだチンピラがいるという」

「どうやって？」

「是衛門どのは手代が持ってきた読売で知ったそうだ。うちは、同じのを弟子が持ってきた。江戸にそんな商売があると思い込んだのはその読売を見た五人ほど、わしらだけだったのだ」

なびきは聞いていて背中が冷たくなった。

「当の女衒上がりのチンピラが読売も刷っていたらしい。そやつがお前にいかがわしいことをしたとあることないこと、ふしだらに面白おかしく書いた読売を刷り、今度は道端で売ろうとしていた」

「エ、ソレは、エエー……」

おしずが気まずげになびきを横目で見るのがわかった。

「安心せよ、実際に売られてはいない。いかにお前が出戻りでもそんなものをばら撒かれたらお終いだった――が、すんでのところであちらの方が気づいて、チンピラを取り押さえて阻止した。チンピラは和泉屋に雇われていて、そういうやり口で我が家と三峯屋を貶めようとしていたそうだ。和泉屋が仕組んだという確たる証こそ出ていないが是衛門どのには大変な失態で、頭を丸めよという騒ぎになっている。今、女将のお松どのが必死で取りなしているが、是衛門どのは髪が伸びるまで外には出られないだろうな」

「な、何か大変だけど……是衛門が坊さんになっちゃったらお妾のお春さんはどうなんのさ。父さん知らないかもしれないけど浅草にお春さんて人が囲われてて、お腹が大きくて今月や来月にはもう子が産まれるンだよ。赤ん坊産まれるのに出家するなんて。罪償わせるならどっか小さな店で小商いでもさせて、お春さんと赤ん坊幸せにしてやれよ。それが筋だよ」

　清玄は、知らなかったわけでもないらしい。そこで驚くでもなく目を落とした。

「――それが非常にややこしくて。その臨月近い囲い女のお春を嫁に出すそうだ」

「お腹の子ごと手代か何かに押しつけるッて意味？　そういう姑息なコトはもっとお腹が小さいうちにやっとけ」

「いや、とても正気の沙汰とは思えないのだが」

　清玄はため息をつき、暑くもないのに懐紙で額の汗を拭った。

「その囲い者のお春、元々、是衛門どのの双つ子の兄の思い者だったのが、永代橋落橋の災禍に巻き込まれて。寝込んで朦朧としていたのを、是衛門どのが横から奪って妾にしたらしい。兄君はお春が死んだものと思い込んで久しく江戸を離れていたのが戻ってきて、お春のお腹の大きいのを見て身を引こうとしていたが、たまたまチンピラを捕らえてこたびの騒ぎを知って、やはり愛しい女を不実な是衛門どのに任せることはできんと言い出した。腹の子も己の子と思って育てると——泰子どのはそれを聞いて涙して、兄君の味方についてしまったらしい」

——あまりに想像を絶する話に、傍若無人のおしずでさえしばし沈黙した。

「ハア？　そんな芝居みたいなこと、あるワケないでしょ。浄瑠璃の見すぎでしょ。是衛門に双つ子の兄がいて？　信じたの？」

自分は非常識なのに他人が非常識なのは許せない彼女の出した結論は、こうだった。

しかしなびきは薄々、是衛門が双つ子の片割れというのを察していた。——武家は双つ子を不吉だと忌み嫌う。なので幼子のうちに、跡継ぎのいない商家の三峯屋に養子として押しつけた——

ただ、偶然双つ子が一人の女を奪い合った——そう簡単な話ではないという予感もあった。

「それ以前に——お春さんッて永代橋が落ちるより前から妾奉公してたハズだけど？」

「あちらのお松どのもそう言うのだが——蚊帳の外のわしにはどちらが正しいのか全くわからん。ついて行けん。泰子どのがその、兄君の——左衛門どのを信用する理由は、チンピラを取り押さえたのもさることながら、左腕にお春の名を彫り込んでいたからなのだ。そしてお春の方でも、左衛門どのの名を右腕に彫っていた。お春は左衛門どのの彫物を見て、永代橋から落ちて朦朧とする前のことを思い出したと——」

好き合う男女が互いの名を着物で隠れるところに密かに彫り込んで将来を誓うのはよくある話だが――

「そんなワケない！」

今度こそおしずは畳を拳で叩き、大声を上げた。

「アタシ、年末にあの人の身体拭いたけどそのときは彫物なんかどこにもなかったッ！　コレは絶対そうだよ！　この目で見たンだ！」

「――ならばわしはお前を信じるぞ。この話、まるで狐や狸に化かされているようで気味が悪いのだ。いや、誰かの芝居の筋書き通りに動かされているようで」

清玄はおしずを頭ごなしに叱りつけてもいいはずなのに、肩をすくめて引き下がった。

「昨日までわしが見聞きしたこと全てがまやかしだったと言われているようで、正直かかわりたくない。何かとてもよくないことが起きている。離縁状をいただいたのだからもう忘れたい。――かかわりたくないのだが、これはなびきさんにも関係のある話で――」

清玄の話を聞かなくてもわかる。

これがどういう仕掛けの話なのか、なびきには全て見えている――

『勧進帳』だ。

2

神田川を東に下って大川と合流する辺りに両国橋がある。かの永代橋からは新大橋を挟んで北側。

　両国橋は悪名高い明暦大火で大川を渡れず多数の死者が出たということで、日本橋米沢町と両国元町の間に架けられた。長さ百間近い、江戸でも有数の大橋だ。そのたもとは両国広小路と呼ばれ、今も火除地として広く間が空けられて、安っぽい見世物小屋や食べものの屋台がずらりと並ぶ。火事が起きれば残らず叩き潰される。

　江戸で芸人が身を立てるにはまずここで名を上げるしかない。火を吹く男、身の丈六尺の怪力大女、居合抜き、神通力で当て物をする願人坊主、舶来の珍しい植木、孔雀、人語を話す鳥、あらゆるものが見られる。ちょっと面白い格好をしていたり飛んだり跳ねたりできる程度では通用しない。物真似鳥より面白くないと。いつでも縁日かというほど賑わっている。辰はよくここで暇潰ししているらしい。

　橋の両国側、明暦大火の死者を弔う回向院の裏の相生町になると打って変わって静かなものだ。丁稚だの手代だの物売りだの商売をする人は多いが広小路の老若男女で混沌としたのとは比べものにならない。

　その相生町の真ん中に薬種問屋・三峯屋はあった。薬種ということで煮売り屋〝なびき〟三軒分はありそうな表見世には丁字やら肉桂やらの匂いが漂い、手代が小さく仕切られた簞笥から様々な薬草の葉やら根やら、何かの牙やら骨やら取り出して、大きな箱を背負った薬売りに見せる。大道芸より面白く見ていられそうだが、今はそれどころではない。

　おしずが丁稚に声をかけると奥の座敷に通された。おしずは店で給仕をするときの頭の手拭いと前垂れを取って、申しわけ程度に垂髪の根本に簪を差して濃い鳶色の半纏を一枚羽織っただけで、この店の〝元〟若女将ぶっていた。大人の女の半纏は丈が短ければ短いほどお洒落らしく、帯の結び目を覆う程度しかない。全然暖かくなさそうだ。なびきはここでは彼女のお伴だ。

こぢんまりとした造りながら、違い棚に偉そうな絵付けの焼き物が並び、床の間に掛け軸やら香炉やら赤い椿の花を活けた一輪挿しやら置いてあるそれは立派な座敷だった。おしずは錦の座布団まで出してもらった。

三峯屋泰子は七十とのことだが丸髷が白くてやせているくらいで、銀鼠色の小袖に薄藍の綿入れを羽織り、正座で背筋がピッと伸びて顔つきが若い。肌に皺はあるが、五十くらいでも通りそうだ。目の力も強く、かってはさぞ美人だったのだろう。毅然とした上品な老女で一見しただけでも耄碌したところはかけらもない。

「これは静さま、わざわざお越しいただいて。拙宅の豚児が浅はかな真似をいたしました。まさか人を雇って静さまに狼藉を働くなどそこまで愚かであったとは情けない、いくらお詫びしても足りないくらいです」

それが多少しわがれ声ながら流麗な口調で述べて、丁寧におしずに頭を下げる。横にいるなびきの方が怖い。――豚児とは是衛門のことだろうが、孫とはいえ三十近い男を捕まえて「豚児」って。

「ソレはもういいですからお顔を上げてください。アタシは減るモンでなし」

おしずは怖じる様子もなく、敬語以外はいつも通りだった。

「ソレより父から妙な話を小耳に挟みました、ソチラの仔細を」

「ああ、お耳が早い。そうなのです、世の中、奇妙なことがあるものでして」

頭を上げた泰子の顔が、不思議と明るかった。

「静さまに狼藉を働いたならず者を捕らえたのが、奇遇にもあの是衛門の双っ子の兄上で。これが拙宅の豚児とは似ても似つかぬ精悍な方で。左衛門さまの凛々しいこと、團十郎にも負けない二枚目で。道端でいかがわしい読売を売っている小僧がおり、見たらこれが我が家とそちらさまの名誉にかかわるものでしたので、捕らえて我が家に連れてきてくださったのです」

「読売売りって、片目の――」

「そう、片目で片鼻が欠けて口の閉まらない醜い小僧で。ああおぞましい。わたくしも長く生きておりますがあんな者は初めて見ました。静さまはあんな者に嬲られてさぞおつらかったでしょう。姿が醜くて行いまで悪いなんてどうして生きていけるのかしら」

泰子は得意げに語った。

――江戸にそんな読売売りは一人しかいないではないか。きっと小堀清玄もこれを聞いて慌てたのだろう。

もう七十の泰子の、童女のように朗らかな口調。――泣いたり怒ったりしてはいけないと、なびきはぎゅっと拳を握り、唇を引き結ぶ。代わりに、おしずが尋ねてくれる。

「読売売りッて二人一組ですが、一人？」

「左衛門さまもお一人でしたから、もう一人は取り逃がしてしまったのでしょう。幸い、ねぐらを暴いて版木を取り上げてございます。静さまの不名誉になることは何もありません。ご安心を。小僧は左衛門さまが打擲すると〝和泉屋に雇われてやっただけ、和泉屋に金を返して縁を切る、二度としないから許してくれ〟と泣いて詫びまして。牢につながれるのだけは嫌だとひれ伏しましたので、左衛門さまが馴染みの寺で反省させると」

「左衛門サンというお人が連れていったンですか」

「はい。それで左衛門さまは我が家とゆかりある方とおっしゃって、左の片肌を脱いで彫物を見せて。何と年末に雪に降られて浅草の小間物屋で休ませてもらったら、そちらの娘が左衛門さまの思い者であったお春だとわかった次第」

泰子は勝手に長々語り出した――おしずとは気まずいだろうによく会ってくれたものだ、そんなに謝りたいのかと思ったが、恐らく誰彼かまわずその話を聞かせたいのだった。

「お春は九年、もとい十年前に永代橋落橋の折に橋から落ちて寝ついて頭が朦朧として、今の今まで左衛門さまのことを忘れていたのが、濡れた衣を脱いだ左衛門さまの腕に自分の名が彫られているのを見て、突如として思い出したのでございます。何ということでしょう。こんな芝居のようなことがあるなんて。お春の腕にも左衛門さまの名の彫物があったのですが、左衛門さまは当時、御家の決めたご妻女と、その間に御子もおありだったので互いの想いを秘めて、他の誰もそのことを知らず。しかしお春は今や是衛門の妾として子まで宿している身。左衛門さまは縁がなかったのだと泣く泣く想いを断ち切るつもりでそのときは別れたのですのが、是衛門の乱行を知って、お春を任せてはおけない、腹の子ともども引き取りたいと……」

泰子は感極まったのか小袖を目に当て、嗚咽(おえつ)で声を弱らせた。七十というのに乙女のようだ。相当にのめり込んでいる。

「是衛門、すごい悪党じゃないか。格好いいね。ソコまですごいヤツなら色悪だ。無理に別れないで嫁のままでいればよかったかな」

おしずは皮肉げに言った。

「それでお春さんをソッチの嫁に？」

「お春本人と二親も望んでおりますし、これ以上あんな立派な方をうちの愚かな孫のせいで苦しめるのはしのびないと思いまして。手切れ金として九年の妾奉公で九十両などと殊勝なことを申しますので、若い二人の門出に百五十両持たせました」

豪快な話だ。花魁(おいらん)よりは遥かに安いのだろうが、それより安値で身請けされる遊女はいくらでもいるだろう。

「アタシの聞いた話じゃお春さんは是衛門の妾になって十一年で、永代橋が落ちる前にこの家に飯炊きの奉公に来て、お妾になって浅草に住まうようになったって」

「静さまはそれをお松に聞いたんですか？」

聞き返す泰子の声に棘(とげ)が混じった。

「お松はお春が憎いのか、そんなことを申します。恥ずかしながらお松は飯炊き風情とお春を昔から嫌っていじめておりましたから。どうも、おなご同士というのは嫌い合うのでしょうか」

自分も嫁のお松を嫌っておいて、ひとごとのように言う。

「ですがわたくし、もう五十年以上も毎日、日記をつけておりまして。一年一冊でございます。多かったり少なかったりしたら綴(と)じ直すのです。火事などあって昔のものはあったりなかったりしますが、お春のことが書いてあった分が見つかりました。そちらによればお春とその二親に浅草の店を与えて住まわせたのは文化五年三月でございます。落橋は文化四年八月。半年ほど朦朧となって、回復した後に飯炊きの体裁で我が家に来たのでしょう。お松が何と言おうと間違いありません、ええ」

泰子は自分でうなずいた。

「是衛門は？」

「あれが今更何を言いわけしようと聞くに値しません。よりにもよって兄上の思い者を奪うとは何と浅ましいのでしょう。情けない。挙げ句、我が家とそちらさまの家名を汚すような真似を。育て方を間違えました」

自分では確固たる決断だと思っているのだろう。泰子は断言した。何十年も手塩にかけて育ててきた是衛門への情を、そっくり左衛門とやらに移し替えてしまったようだ。

「エエト、泰子さま」

おしずの方は何から手をつけたものか、戸惑いが声に滲んでいた。

「今年の曽我兄弟は面白かったですか？」


結局、泰子を説得することはできなかった。是衛門の出家だけは思いとどまってもらったが。

夜が近づくと両国広小路は昼の仕事を終えた男たちを何やらいかがわしい見世物で捕まえようと一層賑わっており、人混みをかき分けて神田に戻るのは大変だった。

「いくら芝居好きッたって何であんなの信じるのかな」

「桟敷席を超えたかぶりつき、そりゃあのめり込むんでしょう」

おしずと二人、ぼそぼそささやき合いながらもの寂しい紺屋町の裏通りに帰ると、店の床几に座っていた辰がこちらを見て慌てて立ち上がった――

「なびき！」

辰がいるのはいつものことだが――座敷にまだ清玄がいた。それも、荷物持ちの小者も連れている。辰は医者やら武家やら「偉そうな人」が嫌いで、話が弾みそうもないのに奇妙な取り合わせだった。

医者がいるのは凶兆だった。

「師匠が大変なんだ！」

辰はなびきの手を摑んで店の二階に連れていった。今朝、畳んだ布団が一組敷かれてそこに人が寝かされていた――

顔にべたべた紙の貼り薬が貼られて晒し布で巻かれて、右手に副え木が縛りつけられていた。

布で巻かれて人相も定かでないのに、皮肉にも元からの古い傷痕で何者かわかる。左目が閉じたままで鼻が半分ないのは昨日今日そうなったのではない。

「お医者の先生が手当てしてくれたけど、生きてるのが不思議で今夜が峠だって……」

辰は贔屓の相撲取りを見かけたような気がして追いかけていたら、日本橋でも橋本町にほど近い路地裏で、半殺しにされてぼろ雑巾のようになって声も出ずに転がっている真蛇を見つけたそうだ。

3

夢で見たのは、芥子坊主で赤い腹掛けをした小さな子供。幼すぎて男か女かもわからない。木彫りの犬のおもちゃを振り回して、鳴き真似などして遊んでいる。犬のおもちゃは犬の耳と背中が黒く塗られていて首に赤い布が巻いてある。尻尾をぴんと立てている。

その傍らで、二十半ばの男が神妙な顔で釣り堀に糸を垂れている。大きな銭湯の浴槽みたいな囲いに水を張って魚を泳がせてあり、時間で区切って竹の竿を貸して魚を釣らせる商売だ。

男は鯉を狙っているらしいが、話はそううまくはいかない。鉢巻きをした釣り堀の主が後ろでにやにや笑っている。

もう日が暮れるという頃。未だに一尾も釣れていない男に、釣り堀の主が声をかける。

――旦那、こっちの桶の鯉なら安くしておくよ。

――何が安くしておくよ、だ。人の足もと見やがって。仕掛けが悪いんじゃねえのか。

――あんたの腕だよ。

しかしこれ以上粘れないとなると、男は桶の鯉を買うしかなかった。

――坊、おっ母には内証だぞ。男と男の約束だ。

傍らの子にきつく口止めをして。

買った鯉は釣り堀の主が額をぶっ叩いて息の根を止め、口から鰓に縄を通してそれらしくする。

男は子を肩車して、鯉を片手に家路につく。

長屋ではお腹の大きい女が縫いかけの着物を手に、半分寝ていたのが戸の音で目を醒ました。男は子供を畳に下ろして、お土産の鯉を抱えさせる。

――ほらほら、我が家の金太郎、鯉魚を捕らうの図だ。

――まあ、本当に鯉が釣れたの？

――本当だとも、なあ、坊。おっ父の華麗な竿捌き、見せてやりたかったなあ。

――本当、本当。

ひとしきり笑い合ってから、男は出刃包丁を手に、長屋の狭い台所で鯉と第二の戦いを始める。

鯉を捌くときは苦玉を破らないようにはらわたを出すのが一番の難関。ここさえ何とかなれば、後は不格好でも。

男が鯉を捌いている間、子は母の大きな腹にしがみついている。

——おっ母。おいら、弟がいい。

——さあ、どうだか。こればっかりは天の神さまの決めることだからねえ。

——弟がいいよ、女なんかつまんねえ。

まだ舌っ足らずなのに生意気を言う。

鯉が煮えるのは夜中だ。鯉濃醤(こいこくしょう)。

汁椀(しるわん)によそったら生姜をすり下ろして入れる。

——さあ、おっ母、腹の子にも食わせてやってくれ。

男が汁椀と箸(はし)を座ったままの女に差し出す。

——坊も、骨が太くなるぞ——

起きたとき、泣いていた。

隣の布団に彼が寝かされていて、その向こうで辰がどてらを着て丸まって寝ている。ゆうべは遅くまで甲斐甲斐(かいがい)しく看病していた。

なびきはこの十年ずっとこの夢を見たくて待っていたのに、〝神さま〟は彼のためでなければ見せられないと言ったも同然だ。

4

鯉を持ってきたのは二十くらいの魚屋が二人だ。この辺では見かけない顔だった。

「辰の拾った餓鬼(がき)、生きてるか」

「ええ」

昨日、彼らも辰と一緒に走り回っていて真蛇を見つけ、一緒にここまで運んでくれたそうだ。

「鯉を食うと血が増える。何かの足しにしてやってくれ。おれたちも辰には世話になってる」

そう言って黒々として大きな立派な鯉を一尾、桶の中で暴れるのを包丁で締めて置いていった。お代はいらない、と。辰の人徳なのだと思ってなびきは受け取った。

鯉は滝を上ると竜になる。今どき鯉よりおいしい魚が多いだけで、昔は鯛(たい)よりめでたかったらしい。

鯉といえば金太郎。金太郎は赤竜と山姥(やまんば)の間に産まれた子で、大人になって武将の源(みなもとの)頼光(よりみつ)に見いだされて坂田金時(さかたのきんとき)と名乗って四天王の一人になり、鬼退治に行って――幼い頃は鉞(まさかり)を担いで、足柄山(あしがらやま)の熊と相撲を取ったり自分より大きな化け鯉を退治したりする。

小さいが骨太の金太郎が自分より大きな鯉を捕らえる絵図は端午の節句には欠かせない縁起物。男の子の将来の立身出世を願うときの図柄。

深く考えたことがなかったが、化け鯉って何？　退治しなきゃいけないということは人を呑んだりしたのか？　弁慶も幼少のみぎりに化け鯉と戦っていたりするが、常人でない怪力の子は鯉と戦う掟でもあるのだろうか。

——赤の他人の鯉が勝手に竜になって、自分を差し置いて父親に会いに行くのが許せなかったのかしら。

鯉の味の八割は手に入れたときに決まっている。ちゃんと泥吐きができているかどうか。それはあの魚屋と辰の人望に期待するしかあるまい。残りが料理の腕。煮て食べる分には苦玉を破らなければいい。

はらわたを出して苦玉を取った鯉は、鱗ごと筒切りにする。ざっくりと大きめ。

昆布出汁に、鯉と干し椎茸、人参、葱、生姜、小芋、大根、牛蒡。手に入る野菜は全部。苦玉以外のはらわたと、割った頭も鍋に入れて。煮汁に酒と砂糖、それに薄く味噌を溶く。

鯉は竈で一気に煮立てるより、焜炉に炭でちびちびと弱火で煮ると朝から昼で骨や鱗まで溶ける。こまめにアクを取りながら。アクを取ると煮汁が減るので水を足す。

煮えたら最後に濃いめに味噌を溶いて味を決め、すりおろした生姜を入れる。

濃醤は濃い味噌汁という意味。なびきは「味噌汁よりは魚が主役だが、味噌煮よりは汁が多い」くらいに解釈している。

鯉の濃醬、略して鯉こく。

取り分けてご飯を入れて雑炊にして、店の二階の二人のところに持っていった。

「辰ちゃん、お友達が立派な鯉くれましたよ。血が増えるって。名前聞いてないけど二人」

「おお、師匠、鯉こくだ。血が増えるし、きっと折れた骨にも効くぜ。多分増蔵と与吉だ。たまには善行もするじゃねえかあいつら」

辰の顔が明るくなった。真蛇はもう起きていたらしいが返事をしなかった。

辰が真蛇の背中を支えて起こす。真蛇は顔の貼り薬は取れたが右側だけ腫れ上がって黒っぽくなって痛々しい。

真蛇は自分で閉じない口の左側を手で押さえ、顔を右に傾けた。それが彼の食事作法らしい。なびきは飯入りの汁を匙で軽くほぐし、息を吹きかけて冷ましてから口に入れてやる。

真蛇はほとんど嚙まずに飲み込んだ。

うまいとも何とも言わなかったが、まぶたが開かないままの左目から涙が一筋こぼれ落ちた。

「おっ父……」

彼が小さくつぶやいた声に少しのやるせなさを感じた。

——わたしはその人のこと憶えてないのに、ずるい。

鯉はまだ見ぬ父の味。

金太郎の父親は坂田某というお侍だという説もあるが、産まれる前に死んでいて、金太郎は母の手で育てられた。

立派なお武家に仕えて仲間もできて、ひとかどの人物になったが、ついに本当の父には会えずじまいだった。

5

巣鴨村というところになびきは生まれて初めて来た。わざわざ小鍋を持って。知り合いが住んででもいなければ、こんなところに用事のある人はなかなかいない。

柳原土手から猪牙舟に乗って神田川から千川に入り、小石川を通り抜けて延々と北西へ。船頭に漕がせるのすらまどろっこしくなって、舟を借りておしずが櫓を漕いでいた。歩いていたら日が暮れてしまっただろうが、舟を使うとすぐだった。

名前だけはよく聞く小石川御薬園を右手に眺め——塀しか見えなかったが——、川の名前が谷端川に変わるともうずっと田園風景だ。小石川御薬園からして薬草畑だ。

まだ寒い時分なので田園風景といっても枯れ草や切り株だらけで、苗を植え始めていればいい方だが、巣鴨が近づくにつれ花が目につくようになった。

椿、山茶花、梅、臘梅、水仙、寒桜——何か見かけるたび、おしずが名を教えてくれる。嫁入り前に活け花をさせられ、叩き込まれたそうだ。なびきは梅と水仙はわかっても椿と山茶花の違いがわからないし、臘梅の黄色い花なんか初めて見た。名前だけで全然梅ではないらしい。

こんな寒い時分に咲く桜は、植木屋が頑張って作ったもの。

江戸の町は南側は江戸前の海だが、それ以外は農村に囲まれている。江戸市中に新鮮な野菜を届ける葛西、砂村、千住、三河島、小松川、日暮里。米は全国から浅草に届くが、保存の利かない青菜などは近郊の農村から買わなければならない。

だが江戸北西の駒込村や巣鴨村は郊外の農村でも、野菜を作っていない。あっても自分たちで食べる分だけ。天明の大飢饉からまだ数十年しか経っていないというのに江戸には野菜が余っているので――魚ほど早く傷むわけではなく、郊外とは言いにくい練馬からも売りに来るので――

これらの村で育てられているのは季節の花々だ。床の間や壁、ちょっとした棚に飾る花。女に贈る花。墓に供える花。

花だけでなく門松の松や竹、煤払いの笹、紅葉の枝、四季折々の催事に必要な植物。市中に置いておくには邪魔だが季節になったらほしい定番の品々をしまっておく損料屋のようなところ。

駒込と巣鴨の境に五代綱吉公の腹心で元禄の御世にその名を轟かせた柳沢吉保の大層な別荘と庭園があった。北側の駒込には今も大名や豪商の大豪邸を飾る霧島躑躅やら花菖蒲やらの名品を揃えた日の本で一番の植木屋街・染井通りがある。家斉公は大名の御庭巡りが趣味で、庭木はどれだけ凝っても奢侈にあたらない。真の粋を知る通人は、多分こちらにはわりと用がある。

　南側の巣鴨村はこの季節でも色とりどり、花の咲く木や草がある。江戸八百八町の陰にあって繁栄を最も享受しているのがここだった。

　早咲きの桜は山桜などの花を掛け合わせてそうなるよう、ここで作り出して植木を駒込で売るのだそうだ。八代吉宗公が大川沿いに桜を植えて江戸っ子たちに花見と称して酒を飲む遊びを教えて以来、駒込や巣鴨の植木屋たちは美しい桜に執心して年がら年中花見ができるようにたくらんでいた。

　冬でも江戸中に花を送り出していた。きっと吉原にも。

　道端の何気ない藪一つ取っても、よく見たら枯れた赤い実がついていて南天だとわかる。半月前ならこの枝は売れた。

　その家は傍らに紅葉の木があった。紅葉の季節を過ぎると流石に残った葉も茶色く枯れているが、見間違えようがない。家自体は古いが竹垣で囲まれていて、何もかも開けっ放しで縁側から丸見えの農家より風格がある。元は庄屋の家か何かだろうか。

「アンタ、留吉だっけ――」

　おしずは玄関先で薪を割っていた小僧に声をかけた。

「あ。若女将」

　なびきと同じくらいの年頃、藍染めの小袖に前垂れをした丁稚風の少年だった。留吉は鉈を置き、姿勢を正しておしずに会釈した。

「やめてよ、モウ離縁状もらったンだ」

「では何と呼べば」

「おしずさんでいいよ。それよりアンタんトコの」

「旦那さまとお内儀さまといらっしゃいますが、どちらに御用が」

「両方」

「お内儀(ないぎ)さまはいらっしゃいますが、旦那さまは釣りにお出かけなのでお呼びするのに時間がかかります」

「ジャおかみさんと話しながら待つよ。——旦那、釣りとはいいご身分じゃないか」

おしずは舌打ちした。

なびきも、鯉を狙っているのかと思うと陰鬱(いんうつ)になる。

留吉が玄関から彼女を呼んだ。

奥から出てきた女は、話には聞いていたがおしずの姉かというほど似ていた。小堀清玄が隠し子を養子にやったのではないかと思うほどだ。丸髷を結っておしずよりふっくらした顔で、丸みがあるせいか幾分目つきが柔らかい。着物は梅鼠(うめねずみ)色の小紋の紬(つむぎ)だが、お腹が大きいので帯を上の方で締めている。二十七とのことだがもっと若々しく見える。

長く浅草に住んでいた是衛門の妾——元妾のお春だ。

「静さま、まさかこんなところまで、どうなさいました」

お春の方が申しわけなさそうに上がり框に三つ指をついて挨拶した。おしずは土間まで入っただけで突っ立ったまま冷淡だったが。

「こんなところまでどうなさいましたはコッチの台詞だよ。何だよココ」

「大女将がしばし人目につかないこちらで子を産んで養生せよとおっしゃるので、お言葉に甘えて。浅草におりますと……あの方が」

お春は言いにくそうに肩をすくめた。

「是衛門に見つかるのがイヤで逃げ隠れしてるッてわけ？」

「はあ、まあ、そういうことになります。互いに今は、お目にかからない方がよいかと。その後、良人と二人、どこかで店でもやろうと思います」

お春は中に入ってお茶でも、と勧めたがおしずは断った。座ってする話ではないと言い切って。

「旦那だッて、本当によその男と所帯持ったンだ」

「はい」

お春は芝居じみた仕草で袖を目に当てた。

「恥ずかしながらわたくし、是衛門さまの前に想い合って将来を誓った方がありながら、十年前の永代橋落橋の折に橋より落ちて……」

「アタシにもその嘘つくンだ」

口上を遮ったおしずの声は、心なしか寂しげだった。

――おしずはお松からお春が妾になった経緯を聞いたのではない。彼女に事情を語ったのはお春自身だ。

だがお春はかぶりを振って、数奇な運命に翻弄される薄幸の美女を続ける。

「嘘だなんて。とても不思議で信じがたい話でしょうが――わたしも我ながら恥ずかしくて情けなくて――」

「いい加減にしてよ。泰子さまを騙くらかしたからッてアタシらにまで白々しい。ネタは上がってンだよ。聞いてらんない」

今度ははっきりと憐憫の調子が聞き取れた。

「騙すなんてお人聞きの悪い。おしずさまがわたしの何をご存知だとおっしゃるのです」

「そうだね、アンタのこと全然何も知らなかったよ。ソレはアタシの不徳だ」

「あなたの不徳ですって。そんなわけがないでしょう。ご存知だったら何かしてくださったと言うの」

急にお春の声が強くなった。

「何をしにいらしたのです。放っておいてください。わたしたちが死のうが生きようがあなたにかかわりないではありませんか」

「かかわりなくはないのです、わたしの不徳でもありますから」

なびきが口を挟むと、お春がきっと見据えてきた。目に力が宿るとますますおしずに似ている。

「あなたは誰？」

「あなたには何と名乗っていたのでしょうか──片目の〝蛇〟の妹です。あなたの前ではお面を着けていましたか」

〝蛇〟の名を聞いてお春の目つきが揺らいだ。

「だ、代金を取りに来たの──どうして静さまと──」

なびきが答えるより前に。

枯葉を踏んで、〝彼〟がやって来た。釣り竿を手に、利休茶（りきゅうちゃ）の縞（しま）の小袖に暖かそうな綿入れの羽織を着て、農夫には見えないもののすっかり町人の風体だった。

何より頭の、整えられた細身の町人髷──

「おしずさんになびきさん。どうしてここを知っている」

彼は慌てもせずのんびりとそう声をかけてきた。

「だからアタシは髪の長い坊サンなんか気色悪いッて思ってたンだ！」

彼を振り返って、おしずが吐き捨てた。

「はなっから還俗する気だったのか、アンタッ！」

なびきは、違うと思う。

「あなたはやっぱり本当にあの日、葱（ねぎ）で功徳を失ってしまったのですか」

口に出すと苦々しい。

お春とこのたび夫婦になった良人で、是衛門の双子の兄・左衛門。

ついおとといまで、煮売り屋〝なびき〟で道維と呼ばれていた僧――

「やせ……わしにはそもそも功徳などなかったのだ。坊主など向いていなかった」

彼は自嘲気味につぶやいて、釣り竿を玄関脇に置いた。

6

辰は面白い解釈をしていたが、道維の左肩の〝左〟の彫物は道維自身が左右を確かめるための目印ではない。

是衛門の右肩の〝右〟の彫物と二つ合わせて初めて本当の意味がわかる。

古来、日の本では〝左〟の方が〝右〟より偉い。左大臣の方が右大臣より偉い。お雛さまだってお内裏さまを左に飾る決まりになっている。神社の狛犬や山門の仁王さまもそうらしい。神社は社殿、寺は本尊から見て左なので、参拝する人からは逆に見えるのだが。

武家が双つ子を忌み嫌うのは長幼の序が乱れるから、という話がある。武家では正妻の子、年長の子が偉いと決まっているのに、双つ子は同じ妻から同じ年の子が産まれるのでどちらを跡取りにするかで揉めごとが起きやすい。跡取りはこちら、と約束をしていたって後からいくらでも引っ繰り返せる。

だから道維と是衛門の親は早々に道維の方を跡取りと決めてそれが覆らないように幼いうちに目印として彫物を入れた。町人は粋がってお洒落で軽々しく彫物を入れるが、武家はそんなことはしない。彫物は二親からもらった身体に傷をつける。一生ものだ。みっともない。

よほど必要に迫られて、誰が見てもわかる証を残さなければならなかったのだ。

今は似ていなくても幼い頃はそっくりだったのだろうか。

道維の〝左〟は嫡男の証で是衛門の〝右〟はそれより劣る方——

だが〝左〟と〝右〟は上下と違って曖昧で簡単に入れ替わってしまう。鏡に映すと逆になる。

飾って眺めるためのお雛さまと、社や寺を守って参拝者を出迎える神仏の像では逆になる。

「よりにもよって女と夫婦になるために還俗するなンて、この生臭坊主！」

おしずに声高になじられ、道維、改め左衛門は目を逸らした。

「わたしにもわかりませんよ。あなたのような人がうちの根性悪の兄とつるんで悪だくみをしていたなんて」

「おしずさんにわかってはもらえまいな」

なびきは声を低めてつぶやいた。

「——ろくでなしの兄が順打ち逆打ち七回も結願なさった高徳の上人さまの功徳を台なしにしてしまった」

「それは違う、なびきさん」

道維はかぶりを振り、熱っぽく語った。

「蛇の小僧はこの七回の結願で、わしが亡くした家族を取り返せると言った。やつのまじないで世の中の左右を入れ替えればそれが成ると。あれは読売の版木を彫るときだけ左目を開ける。そうすると真実が覆り、偽りの種が芽を吹いてまことの果実が生る。蓼科の甲賀三郎の伝説のように、何度でも蘇って兄弟に奪われた妻を取り戻せと」

——読売の版木も左右が逆。

「永代橋で失ったものは永代橋から取り返せばいいと言ってくれたのだ。過去を悔いてばかりでなく、前向きに生きろと。——弟は、九年ぶりに再会したというのに〝子が産まれるので忙しい。落ちぶれ果てていい気味〟とぬかしたのだ。弟の分際で」

道維が悔しげに奥歯を嚙んだ。

「わしは武家の長子であるぞ。その艱難辛苦を解さぬ弟風情が……商人風情が！」

是衛門は大店で苦労もせずに育ったといっても実家に捨てられたも同然なら、道維を恨んでもいるだろう。

何を期待していたのだ。「ああ、兄さん、気の毒に」と泣いてくれるとでも思ったのか。煮売り屋〝なびき〟のお人好しの客たちと同じように、四国の話をねだるとでも？

功徳ある僧なら落ちぶれたと指さされても胸を張っているべきだろう。信心があれば誇らしいだろう。

武家の長子なのに半端者をやっているのは清兵衛も同じだし、真蛇なんか妹に悪口を言われたくらいでへこたれたりしなかった。彼は減らず口を叩いて——気遣っていた。

「——双つ子の弟さんの子を孕んだ女を手に入れて、男の赤子が産まれれば、形見の守り刀を持たせて福寿丸と名付けて死んだ子が蘇りますか」

なびきは自分で言って馬鹿馬鹿しい。

妻を蘇らせることは叶わないが、二歳の子など赤子だ。ろくに喋れもすまい。

十年前の赤子の面影など道維だって憶えてはいない。真横に並べなければ見分けなどつかない。

この子こそ嫡男の生まれ変わりと、彼が信じることさえできれば反魂術が成る。

幽霊の影しか見えない、声しか聞こえないような半端な術ではなく、血肉を持って二歳より大きく育つ本物の福寿丸が再びこの世に生まれ出る。

女の子だったらそのときはそのとき。

道維はなびきの皮肉に気づかない。

「赤子はかわいい。全くの他人の子でもあれほどかわいいのだから、弟の子ならば我が子も同然だ。わしと弟はあまり似ておらぬが、子はわしに似るかもしれん」

「それであなたはわざわざお春さんの名の彫物を入れて、年末から正月三が日ずっと寝込んでいたのですか」

鶴亀の長屋からも行方をくらましていた間。寺の世話になっていたならどうして剃髪し直さなかったのか——

道維がいたのは彫物屋だったからだ。彫物を入れれば、小さなものでも熱を出して数日寝込むのはよくあることだ。彫物屋に宿なしの客を泊める離れでもあったのか、あるいは真蛇が木賃宿(きちんやど)でも手配していたのか。

辰もおくまも道維の肩の〝左〟の彫物は見ていたが、そのときは腕に女の名前などなかったという。

彼が愛する女は永代橋で死んだ妻一人。「実は生きていたもう一人」などいるはずがない。

永代橋落橋で千四百人もの人がいなくなったのだから、一人くらい誤魔化(ごまか)しが利くというだけ。かの橋では死んだと思われていた人が生きていた奇蹟(きせき)すらも起きた。

「やはりあなたは葱で功徳を失ったのですね」

——正確には、あのときなびきが背負っていたいとけない長吉の笑顔で。

仏僧は子供がかわいいなんて思ってはいけないのだ。お釈迦さまは我が子を捨てた。道維もそのように、犀(さい)の角のように孤独に無欲に生きなければならなかったのに、あのとき煩悩に屈してしまった。

人並みに妻子を持って前向きに生きたいと思ってしまった。

一度心が折れたら、禁葷酒(きんくんしゅ)なんか些細(ささい)なことだった。

禅僧から真言坊主になって、その次は妻帯したいがために浄土真宗に改宗するなんて、そんなみっともないことをするくらいなら僧をやめて還俗した方がまし、なのかもしれなかった。

「蛇の小僧には感謝している。何から何まで世話になった。三峯屋の大女将の泰子さまの前であれを打ちのめす芝居をして。あれのおかげで泰子さまはわしを信じてくださった」

道維は浮かれているようにすら見えた。

芝居といえば『勧進帳』――

京を追われ、山伏に身をやつした義経一行が奥州平泉を目指す道中、安宅の関で関守の富樫左衛門に止められ、巡礼の証である勧進帳を求められる。誰もそんなものを持っていないので、僧として学識のある弁慶が白紙の巻物を手にして口先でそれらしく読み上げて乗り切る。だが小役人が一行の中に義経がいるのに気づいてしまう。弁慶は「義経に似ているお前が悪い」とわざと義経を打ち据えて邪険に扱って誤魔化し、関を通り抜けた後で主に詫びる――

今どきの富樫は弁慶のくさい演技を見抜いた上で忠義に免じて泣きの涙で義経一行を見逃してやるものだが、泰子は昔ながらのまんまと騙される方の富樫だった。勧進帳で一番楽しいのは桟敷の特等席の客ではなく、振り回される富樫役だ。

曽我兄弟を二日連続で見て帰ったら彼女のための邪道の勧進帳が始まるなんて芝居好きにはたまらないだろう。

道維におしずが冷や水を浴びせた。

「なびきさんの兄貴は右腕折られて半殺しにされて寝込んだよ。死んでないのが不思議なくらい。三峯屋の手代にやられたンだよ」

「そ、それは申しわけない」

道維の緩んだ顔から血の気が引いた。一応、この弁慶も謝罪するのか。

「約束の金子は三十両だが、見舞いに十両上乗せしよう。すぐに持ってまいる」

「そんな、あなた――」

お春が小さく声を上げた。

「金子なんていりません！」

なびきは言い放った。

巣鴨に来た目的は金の催促などではない。

「うちの兄は恨みを買って人を陥れるたくらみをして、あなたがたの心も弄んだ。その報いを受けました。因果応報というものです。兄が受けた仕打ちであなたがたを責めるつもりはありません。感謝される筋合いもありません。あなたがたは兄に操られておもちゃにされたんですよ。こんな茶番を永遠に演じ続けるのですか。ことあるごとに永代橋云々の作り話を語り続けるのですか、この先ずっと。産まれる子にも偽りを教え続けるのですか」

血縁なんてなびきはさほど大事だと思わない。久蔵に育てられて足りないことはいくらでもあったが、一人前にしてもらったと思う。

だが真蛇の考えた「前向きに生きられる話」などで家族を養えるものか。

「御家の縁があれば家族にはなれるのでしょう。恋慕の情があれば想いは通じるのでしょう。あなたがたにはどちらもないじゃないですか。兄が考えた嘘偽りだけ。うちの浅はかな兄は小理屈に強いだけで、世間をひっくり返して人を驚かせたら楽しいだろう、くらいのものです。そんなことであなたがたの人生を決めてしまっていいのですか。子はいつかあなたがたのあやまちを見抜きますよ」

土台が歪んだところに家を建てて、その場はよくても何年も経てば傾いて倒れる。今は辻褄が合っていてもいつか偽りは綻ぶ。

「道維さん、あなた、どうして泰子さまと他の人の言うことが矛盾するのか、その仕掛けを知っていますか。お春さんが是衛門さんに囲われたのは永代橋が落ちるより前なのに、不思議と辻褄が合うそのわけを」

「お松さまが勘違いしているのではないのか。この人が囲われたのは永代橋が落ちた後ではないのか」

道維はこの期に及んで寝ぼけたことを言う。――お人好しめ。ぼんやりしているのに人を陥れたいなんて願うから仏敵の蛇につけ込まれるのだ。

「前ですよ。――手代に小遣いを握らせて、小火騒ぎのふりをして三峯屋の十年ほど前の帳面を焼いてしまったんです。お春さんとその親御さんに浅草に店を持たせた辺りの。泰子さまの小遣いから出したにしろ、店一つ持たせたのだから結構な額で帳面につけます。九年も十年も前の帳面がなくても商いはできますし、小火で焼けるのはよくある話」

真蛇本人によると火事のふりをして目当てのものを焼くのは難しいので、先に帳面を焼いてから迫真の演技で小火のふりをするのがコツ、とのことだ。

「だが泰子さまは永代橋が落ちた後であると――」

「泰子さまが芝居見物している間に、うちの兄が泰子さまのお部屋に入って日記を冊子ごと綴り直して表紙を差し替え、永代橋が落ちる前と後を入れ替えたんです。人の三倍、何でもできて器用なうちの兄は、泰子さまの日記にいちいち年月日がまめに書いてあったら丸一冊写し直して贋物（にせもの）を作るつもりでいたそうですが、幸いにして年は表紙にしか書いていなかったのでお春さんが現れた頃の日記に永代橋が落ちた後の表紙をつけるだけで済んだそうです。中に家族の歳が書いてあるくだりには、いちいち小虫の死んだのを貼りつけて読めなくしたと。三匹くらい」

表紙のなくなった方の日記は焼いてしまったそうだ――一年一冊で、もう七十の泰子の日記は五十冊以上。一冊くらいなくなっても憶えてはいられない。

「その頃、十六のお春さん、十九の是衛門さんには大変な出来事で忘れようもないけど、六十近かった泰子さまは孫の色恋沙汰（ざた）なんて日記を読み返しでもしないと年月まで思い出せない。永代橋が落ちたのとお春さんと是衛門さんが出会ったの、どちらが先か。是衛門さんはおしずさんをさらって不始末をなさって立場が悪いから、本人よりも泰子さまの言い分が通る。お松さまは元々お春さんと仲が悪かったから泰子さまはこの件でお松さまが口答えしても嘘だと決めつける。嫁姑の仲が悪い三峯屋で、騙さなければならないのは一番上の泰子さまだけ。——うちの兄は細工のために泰子さまの留守中に三峯屋に乗り込んだんです！」

道維は今初めて知ったのか、呆気に取られて返事もしなかった。

結果があれば、最後の辻褄が合っていれば途中も正しく見える。

釣り堀から鯉を持って帰れば釣ったことになる。

鯉なら微笑ましいものだが、それで妾を奪うとなると。

本当のことを言っているのに聞いてもらえない人たちの悔しさを思うと。

真蛇が是衛門と組んでおしずをさらう醜聞を作ったのは、ついでだ。一回にまとめただけ。

おしずを長く閉じ込めておくには藪入りより後がいいのに、なぜ松が取れた後、藪入りより前にしたのか？　お春の子が産まれるから、ではない。

芝居興行の都合に合わせたから——松の内は初春興行で動きが読みにくい。誰が出ていない、思っていたのと違う、とさっさと帰ってくるかもしれない。曽我物の封切り日に合わせた方が確か。

泰子は封切りと次の日は必ず続けて同じ芝居を見る。一月の演目は定番の曽我物と決まっている。曽我兄弟の仇討ちなんかそうものすごい工夫で変わるものではないのに、毎年同じ演目を見ているのだから、その習慣は滅多なことでは変わらない。

この仕掛けに気づいたのはおしずだ。真蛇は彼女を縛って転がしている目の前で堂々と泰子の日記を読んで確かめて、表紙を差し替えていたのだから。泰子は一年分の日記をぴったり一冊に綴じ直すので細工の跡は誤魔化しが利く。

是衛門はそもそも真蛇が読み書きできることを知っていたかどうか。是衛門も泰子も真蛇を見た目で侮りすぎていた。

だがおしずがじかに泰子を問い詰め、芝居見物の間に日記が細工されたかもしれないと言っても、泰子は信じなかった。

彼女からすれば道維の見た目が男前で自分好みで入れ込んだ、是衛門の妾などよそで引き取ってくれるならその方が都合がいい、というだけでなく。

「……わたくしの日記が細工されたなんて、静さま、どうしてそんなことをする人がいるとおっしゃるの？」

泰子は呆然（ぼうぜん）として聞き返すばかりだった。そんなことを思いつくおしずの方がおかしいと言わんばかりだった。

泰子は七十とはいえ世間の年寄りよりもずっと若くて頭がいい。まるで世間知らずなわけでもない。

溌剌（はつらつ）で聡明でそこそこに世間を知っているからこそ。

「だってそんな、割に合わないでしょう？　どうしてわざわざそんなことを？」

商売で人を陥れる、陥れられる、そういうことは人生で何度かあったが、自分の日記が留守中に都合よく切り貼りされた嘘かもしれないなんて話はまるで理解できなかった。

「三峯屋の泰子さまにはわからない。もうすぐ子が産まれる弟が羨ましくて妬ましい、陥れてやりたい。それだけのために自分の身体に彫物まで入れて、弟とはいえ他人の子を身籠もっている女の人を、嘘の身の上話で横取りしたい人がここにいるなんて信じられないんですよ」

――臨月近い弟の妾。

普通、そんなものがほしい男などいない。よほど跡継ぎに恵まれないで困っている家の当主か――孕み女の腹を裂いて中を見たい殺人鬼か、人喰い鬼でもなければ。

そのどれでもなく、彫物を見せて彼女との数奇な運命を語る男が現れたら――

二人の間に深い恋慕の情があるのだろうと思う。語り得ぬほどの情愛の物語があると思う。

先月出会ったばかりで特に何もないなんて、わざわざ贋の彫物を入れて舞台裏で黒子が日記を差し替えたなんて、考えもつかない。

白紙の勧進帳に本当に何も書かれていないなんて。

一度信じたことを疑うのは難しい――

「どうしてってそりゃおいらが暇だったからさ。忙しく働いてるふりがしたかったのさ。

同じ芝居を三回も見るような御仁(ごじん)にはわからねえだろうよ。手切れ金九十両ってとこでおいらの取り分は三分の一。人一人生き返らせて三十両は耳から血が出る破格の安値、細工に使った分を返してもらうだけだ。折角暇が潰れるんだから大負けに負けといてやらあ」

諸悪の根源の言い草は、こうだった。——真蛇は道維には手加減してもらったが、泰子の日記や芝居好きなど内情を根掘り葉掘り聞き出されて、火付けまでさせられていいように使われていたことに気づいた三峯屋の手代に囲まれて半殺しにされた。いくら何でも是衛門が気の毒と思った人もいたのだろう。真蛇の方が逃げるときに下手を打った。

血を分けた妹としても当然の報いとしか言いようがない。真蛇は悪運強く峠を越えて、傷の痛みで気が弱かったのは寝起きの半時くらいで、飯を食って力がみなぎってくるとまた減らず口を叩き始めた。あるいは名医の技の賜物(たまもの)だろうか。折れた骨がすぐに生えてきたりはしないとしても、もう生きるの死ぬのではなくなった。

なびきは仇討(あだう)ちではなく、けじめをつけるためにここに来た。

「あなたにしてみれば、何もしないのに今月や来月には自分の血を引く子を産んでくれる女なんて手間が省けてありがたいばかり。そんな志の低い人が世の中にいるなんて泰子さまには思いも寄らないんですよ」

言いながらなびきは自分の不徳だとも思う。

真蛇が暇なのは——なびきを憎んで恨んで小さな店を奪ってもしょうもないからだ。彼ならそれくらい簡単だが、簡単すぎてつまらない。何でも人の三倍できる彼が本気でやることではない。

何もかもなくして九年も無為に過ごしていたお武家さまが、調子づいた大店の若旦那に全力で八つ当たりをする方に乗っかって引っかき回した方が面白いのに決まっている。やり甲斐がある。難しい分、ぽんと百五十両、出てくるような相手の方がいい。

前に道維が「兄に憎まれて怖いか」と尋ねた。道維の知っている真蛇は確かになびきを憎んでいたが——真蛇はその憎しみを他に逸らして、なびきと再び話をする頃には出涸らしになっていた。

彼の悪意は無尽蔵なわけではなく、これだけ走り回ったら疲れて年相応の少年の地金が出ていた。

「わからないのはお春さん、あなたですよ」

なびきはお春を見た。まごついている道維と違って、お春は上がり框に座したままで今や困った顔すらしていなかった。退屈そうに目を細めてすらいた。

この場でなびきが最も恐ろしいのがお春だった。泰子のように大店の主の矜持があるわけではない。真蛇のように見てわかる傷があるわけではない。道維のように恨んで憎む相手がいるわけでもない。

真蛇が筋書きを書けば顔がいいだけの大根も二枚目になるなら、彼女は。

本来『勧進帳』にはいないはずの彼女の役は。

「──大の男でも彫物を入れたら熱を出して寝込む。臨月近い身でお腹の赤ちゃんもどうなるかわからないのに、あなたも彫物を入れたんですか。これまで出会ったこともなかった男の人のために」

ただ綺麗な女の人のように見えたが、彼女は確かに永代橋から飛び降りて一度死んだ。自らの意志で。道維が多少男前でもそんなことで子の命まで懸けられまい。一目で恋に落ちた、にしても正気を疑う。

真蛇が縛り上げでもして無理矢理に彫物を入れたのでは話を合わせてくれないだろう。浅草の小間物屋の親も騒ぎそうなものだ──彼女がここにいるのは親も了承済みなのだ。生死の狭間に飛び込んで、戻ってきた女なのは間違いなかった。

彼女がただ者ではないのにおしずも気づいていた。

「お春さん、アンタさあ。さっき、この子の兄貴の見舞い金、値切ろうとしたね」

「十両は大金ですから」

おしずが声を低めて尋ねても、彼女は動じなかった。

「金子で解決することじゃない、ソリャそうだが値切るかよ。なびきさんがいらないッて言ったときホッとした顔しやがった」

「綺麗ごと言わないでよ。恋慕で親子二人、食っていけるものですか。馬鹿らしい。妹さん、あなた、いくつ？　初恋はまだ？」

お春は薄笑いすら浮かべた。

「わからないのはあなたのお腹に子がいないからよ。あなたがまだ若いからよ。この子が無事産まれてこられなければ今度こそわたしは是衛門さまに捨てられるし、産まれてきたら静さまに取られる」

「アタシは――」

「静さまは是衛門さまを振り払ってもお偉いお医者のお父さまに何とでもしていただけるものね。あなたがいなくなっても是衛門さまにはまた次の嫁が出てくるだけ。まさかあなた、離縁状をいただいてわたしに親切にしてくださったつもり?」

珍しく言葉に詰まったおしずに、お春は畳みかけた。ここから彼女の独擅場だった。

「是衛門さまに囲われたこの十年でわたしの女の値打ちは下がっていく一方。もう吉原にも売れない歳で、浅草の小間物屋で老けていくしかない。あんなところで妾奉公と指さされて生きていくのはまっぴら! でもわたしから是衛門さまに当たり前の別れを切り出しても二束三文の手切れ金をいただくだけ。若旦那さまが飯炊き女に手をつけて別れただけじゃ。あちらに落ち度のある尋常でない別れ方をするためなら、彫物の一つくらい!」

お春は語りながら自分で腕を撫でた。

「わたしはあの人のお兄さまの思い者で、無理矢理に奪われたのよ! 尋常でない妻子の死で心を痛めたお兄さまが四国をさすらってらっしゃる間に、卑劣にもわたしににじり寄って手籠めにしたのよ! わたしはこの方に出会うまで何をされたか忘れていたのよ! 三峯屋是衛門、何ておぞましい男! 手切れ金をたんまりいただかないと!」

今思えば花衣花魁は死人のような目をしていた。豪奢な着物で着飾って江戸一の美女の名と引き換えに、女の幸せを諦めた儚い顔つきだった。

目の前のお春は違う。薄化粧で飾り気がなくても強欲の光で目をぎらつかせていた。大きなお腹に愛欲の塊を抱えながら。

「左衛門さまは泰子さまから百五十両も金子をむしり取ってくださった！　わたしの妾奉公の代金よ！　わたしの歳も憶えてない三峯屋の女どもの鼻を明かしてやった！　わたしの金子、蛇の小僧なんかにびた一文渡すものですか！　この人が何者でも、いただいた百五十両で浅草でないところに店をかまえてやっていくわ。わたしとこの子と二人で！　子が何と思うかって、何とでも思えばいいわ！　父親なんかいてもいなくても、生きていければわたしの勝ちよ！」

ここにも仏敵の蛇がいた。

彼女の役は橋姫――川のそばで不実な男を待って妬心を募らせ、狂乱する鬼女。あるいは甲賀三郎を待ちかねて自ら諏訪湖の竜神に変じた春日姫。

彼女もまた二人の家族を喪っていた――産まれなかった子供たち。彼女は一人、物語にならない傷を身のうちに抱えていた。道維の身の上話のように皆が泣いてくれるわけではない「よくある話」。

誰も同情してくれないなら同情されるものになるしかない。命懸けで過去を変えてでも。

大川のほとりで十年待たされたお春は崩れ落ちた永代橋から飛び降りて、恨み憎しみで角を生やし爪を伸ばし、女鬼に化生した。

真蛇が彼女に鬼に成るすべを教えてしまった。

彼女のは芝居ではなく、真実をひっくり返されてこれまで押し殺してきた本音を引っ張り出された。もう元には戻れない。

おしずも彼女を追い詰めた一人だった。おしずこそ行きの舟では清兵衛の仇を取ると意気揚々としていたのが、自分によく似た女鬼が現れて子供のように怯んだ顔をしていた。

道維も狼狽して一言もないようだった――彼はここに来て、望んで夫婦になったはずの女の正体を今初めて知った様子だった。

「……道維さん。あなたの亡くなった奥方は綺麗な方でしたか。二歳の御子を授かって、夫婦喧嘩は何度しました？　一度もなかった？」

なびきは彼を気の毒に思う。

この件で一番騙されて食いものにされていたのは明らかに道維だった。泰子は百五十両むしられたと言ってもその分、綺麗な夢を見て、真蛇は楽しく暇を潰した。

お春は金子があれば満足なようだし、こうなれば何をどうしたって子は彼女のものだ。

損をしたのは嘘つき扱いされたお松と是衛門と、彼。

「きっと奥方さまはあなたに綺麗なところしか見せないまま亡くなったんですね。さぞご無念だったでしょう」

浅はかな夢で福寿丸は蘇っても、その母は。

信心を失って弟に憎悪をぶつけたその後に、道維に何が残っているだろう。俗人としての前向きな人生なんて悪い冗談だ。

御家のために縁づいたが気に入らない、というならまだしも。理屈でない愛情に目覚めたがそのときだけの勘違いだった、というならまだしも。弟のおもちゃがほしいとぐずってずるをして取り上げて、それが思っていたのと違っても、誰かが助けてくれたりはしない。

なびきは持ってきた小鍋を差し出した。

「わたしはご出産の前祝いにこれを届けに来たのです。今朝、わたしが作った鯉濃醬。お代はいりません」

辰の人徳がもたらしたのはそれは立派な大鯉で臭みも全くなく、中食の時間が過ぎても二人分残っていた——

「〝神さま〟のご加護が宿っています——これを食べれば安産間違いなし。産の痛みを和らげ、あなたがたの望む通りの元気な子が産まれるでしょう。わたしを信じることができるなら」

「〝神さま〟のご加護」

道維の目の色が変わった。

鯉こくといえば安産祈願の料理だ。わざわざまじないとして孕み女に食べさせることもあるとか。産後の女が食べれば乳の出がよくなるという。

道維はなびきを信じたようで、鍋を受け取った。彼は性根がまっすぐな人間なのだ――勿論、お春に差し出す。

「お春、食ってくれ。なびきさんの飯はうまいし運気がよくなるのだ」

しかしお春は顔を背け、庇うように袖を口に当てた。

「い、嫌です。気持ち悪い。何が入っているか知れない。あの蛇の妹」

「蛇はよくしてくれたではないか」

「あなたにはそうでしょうけど」

「いいから食え！　わしの言うことが聞けんのか！」

道維が声を荒らげて、お春の目つきが弱々しくなった。

なびきに夫婦喧嘩を見届ける筋合いはない。

「お鍋は返さなくていいですよ。よい子が産まれますように――」

聞こえているか知らないが一応そう言って、おしずの手を取って二人で玄関を出る。

外では留吉がまた薪割りの手を止め、不思議そうにしていた。

なびきは彼に会釈して、来た道を戻った。

お春がどんなに父親などいらないと言っても、子供はいつか父を求めて化け鯉と戦いに行く。子には彼らとは違う物語がある。

母の知らない主を見つけて、名も変えて自分のなりたいものになるだろう。

「――椿は葉がギザギザしてないけど山茶花はギザギザなンだ。椿は散るとき花が丸ごと落ちるから斬首みたいだッて武家に嫌われてて、花びらがバラバラ落ちる山茶花の方がいいッて言うけど、アタシは椿の方がいいね。庭の掃除が楽で。ドッチもスゴイ毛虫がつくから嫌なンだけど」

花の多い村を歩きながら、おしずは夢のないことを言う。赤い花びらに白い斑の入った椿の花は道端で見る分には美しいのに。咲いている花はどれもこれも茶色く欠けたところがあって、恐らく切り花として売れないものだが。庭なら椿は一本だけで周りにそれらしく石灯籠を置いて苔など植えて丹精するが、畑となると藁で地べたを覆ったところに同じ花の木が何本も整然と並んで縄で畝を仕切られていて、これはこれで夢のない景色だった。

「桜も、花が咲いてないときは毛虫がひどいンだ。見た目気持ち悪いだけじゃなくて刺すンだよ。ヒリヒリ痛い。この村の人たち、江戸の人に代わって毛虫に刺されるのが商売みたいなモンだよ」

「毛虫は嫌ですねえ――」

なびきは苦笑しながら相槌を打つ。花に嵐のたとえもあるぞ、とは漢詩だったか。花に毛虫。締まらない。

畦道を歩いていると下駄がコツンと小さな石ころを蹴った。その石ころが畑に転がり、木の世話をしていた農夫の下駄に当たった。

「あ、ごめんなさい、わざとではないんです」

なびきは立ち止まって頭を下げた。農夫は頭に手拭いを巻いて、どこかで見たような茶色い小袖に股引だった。農村だというのにやけに眼光鋭い老人で――

「――おじいちゃん？」

立ち上がった老人は、間違いなく久蔵だった。手拭いの巻き方が頬被りになっているだけで。彼は手拭いを取って暢気に言った。

「なびき、なぜこんなところに」

「ナゼはコッチの台詞じゃないか、じいさん！」

おしずは彼を指さして喚いた。

「ドコに消えたと思ってたら、巣鴨⁉」

「神田から遠くて〝神さま〟に見つからんかと思うたのに。ひと月で見つかるとは〝神さま〟は目敏いな」

「別にアンタを捜しに来たンじゃないンだよ！」

なびきの方は、急なことで言葉が出てこない。

「まあ立ち話も何じゃ」

久蔵の方が近くの農家の縁側に案内した。板葺きで土壁で軒下に大根が干してある、絵に描いたような田舎家だが、茶は番茶の熱々に沸いたのが出てきた。

久蔵は縁側に座ると、煙管に煙草を詰めて吸い始めた――神田にいた頃は吸っていなかった。

「いよいよなびきに店を任せねばならんが、わしも消えてなくなるわけにいかんし。神田から遠いところで何ぞ住み込みの職がないかと口入れ屋に相談したら、巣鴨はどうかと言われてな。ここは本当は八月九月の菊の節句の前が一番賑わうが、今時分は菊作り職人は精魂果てて逃げ出して荷運びで駄賃を稼いで吉原に入り浸り、よほど真面目な古参だけが次の苗の世話をしておる。こんなところに飯屋はないからいつでもおさんどんの手が足りん。飯炊きの職ならいくらでもあるという」

久蔵は煙を吐きながら、そんな話をした。

九月の重陽の節句は江戸中が菊の花でいっぱいになる。江戸城大奥の菊見の宴に倣って市井でも大輪の鉢植えの菊比べが行われ、菊人形が飾られる——九月九日の節句を過ぎた途端に綺麗さっぱり町から消える。

その花々も全てこの巣鴨村から。世の中の見世物の種、全てを仕込んでいるようなところ。

「まあ今のところは飯炊きだけしておればいいというわけでなく、植木屋見習いじゃ。この歳になって見習いも何じゃが、人や〝神さま〟の世話をするのは飽きた。長生きしただけ働かねばならんというのは損じゃが。——なびきは？　店はうまくやっておるのか？」

「——はい」

なびきは精一杯笑った。

神田に帰ったら辰と、怪我をした兄が待っている。

ご近所の皆も。

皆、毎日、腹を減らして飯がなければ何もできないと言って、店にやって来る。

このひと月、それはいろんなことがあったとおしずと代わる代わる語った。

もうすぐ日が暮れるという頃、久蔵が奥から鉄の鍋を持ってきた。

「重いがこれを持っていけ。兄貴に滋養をつけてやれ」

鍋には見慣れない魚の煮物がたっぷり入っている。厚切りの大根と一緒に煮てあるが、鮪とは匂いが全然違う。身体の大きな脂の強い魚で、茶色く煮えていると赤身とも白身ともつかず、煮汁は冷めて半分固まってプルプルの煮こごりになっている。

「鰤大根じゃ」

久蔵が言った名前でおしずが身体を引いた。

「鰤!? お殿さまのご馳走じゃん!」

鰤は江戸ではほとんど見なかった。鰤といえば北信越で塩漬けにされるもので、上方の大名や豪商が正月に食べると噂に聞く。とても辰が商えるような魚ではない。公方さまだって月に何度食べられるものか。

その昔、どこぞの殿さまは隣国からいただいた鰤に頭がついていなかったと激怒して隣国から来る商人や旅人に狼藉を働き、ご公儀に乱行を咎められて自害、御家断絶したとかしないとか――

「米農家では干鰯を田畑の肥料に施すが、何とこの辺では鰤を煮て塩を抜いてお殿さまの菊に施す。この脂が大菊の厚物を肥えさせる。お菊さまの食べ残しじゃ。巣鴨の者は食べ飽きている」

「こ、鯉が滝を上って鰤になった」

なびきも声が震えた。神田では竜よりよほど珍しかった。これは辰の友達二人にもふるまわないと。

味見すると、ホロホロに煮えた脂の多い身に上品な味わいがある。鯛とも違う。これはお殿さまのご馳走だ。隣国の旅人の首を刎ねてもまた食べたい。飴色の大根が甘い。

久蔵は今や人のためでも〝神さま〟のためでもなく、ただ綺麗な菊の花を咲かせるために魚を煮ていた。折角の田畑で食べられもしない花を作る巣鴨村は、再び飢饉が来たら真っ先に潰れるところだ。

いよいよ〝神棚の神さま〟と世の中の平和はなびきが守ることになったのだ。

あるいは久蔵は久蔵で、〝神さま〟にご利益を返しているのかもしれなかった。世の中の食べもの以外のところに力を尽くすことによって。

あらゆる全てはご縁でつながっているから。

人は食べなければ生きていけないが、生きていくには食べられないものだって大事だ。

「ああ、鍋は返しに来い」

久蔵はぶっきらぼうにそう言った。

——それは、また来てもいいという意味だ。

「はい、今度はわたしが煮物を入れて持ってきます。わたしの腕が上がったの、見てもらわないと」

なびきは笑顔で答えた。

次の重陽の節句には、久蔵の鰤で育った満開の菊花の精が江戸を寿ぐ。それは美しく花開くことだろう。楽しみにしよう。

その前に、大川の花見と朝顔比べと。花を愛でる催しはたくさんある。油菜を植える農村にも菜の花が咲く。

――この世を生きる意味がずっとそんなものであればいい。大層な運命や使命ではなくて。

本書は時代小説文庫（ハルキ文庫）の書き下ろし作品です。

み 14-3

お遍路と御霊返し 煮売屋なびきの謎解き仕度

著者 汀こるもの
2023年12月18日第一刷発行

発行者 角川春樹

発行所 株式会社 角川春樹事務所
〒102-0074 東京都千代田区九段南2-1-30 イタリア文化会館

電話 03(3263)5247[編集] 03(3263)5881[営業]

印刷・製本 中央精版印刷株式会社

フォーマット・デザイン&シンボルマーク 芦澤泰偉

ISBN978-4-7584-4608-2 C0193 ©2023 Migiwa Korumono Printed in Japan
http://www.kadokawaharuki.co.jp/[営業]
fanmail@kadokawaharuki.co.jp[編集] ご意見・ご感想をお寄せください。

柴田よしきの本

『お勝手のあん』

そうだ、わたしは節になろう!
このお勝手で生きて、身を削って、
けれど美味しい出汁になる。

品川宿「紅屋」の大旦那が類まれな
嗅覚の才に気づき、お勝手女中見習いとなったおやす。
ひとつひとつの素材や料理に心を込め、一生懸命
成長していく、ひとりの少女の物語。

時代小説文庫